INFILTRATO: JAYDEN

EAGLE TACTICAL VOLUME QUARTO

WILLOW FOX

SLOWBURN
PUBLISHING

Infiltrato: Jayden

Eagle Tactical – Volume Quarto

Willow Fox

Pubblicato da Slow Burn Publishing

© 2022

v2

Tradotto da davide_angelino

Arte di copertina di Slow Burn Publishing

Immagine(i) utilizzata(e) su licenza da Shutterstock.com.

CAPITOLO UNO

Skylar

La musica risuonava dalle casse, rendendo difficile sentire i miei stessi pensieri. Non che ci fosse molto da pensare, in verità.

Mnadai già un altro shot di tequila, poi un altro ancora.

"Brutta giornata?" chiese il barista.

Il suo nome era Jayden. Non conoscevo il cognome, pur venendo spesso in quel bar.

Per lo più, a dirla tutta, era per nascondermi da mio fratello e la sua ragazza.

Anche Jayden non era niente male da vedere dopo il lavoro, immaginare i nostri corpi aggrovigliati l'un con l'altro, entrambi caldi e sudati.

Peccato che non avessi il coraggio di invitarlo a casa mia. Ma del resto, non che avessi esattamente una casa mia in cui invitarlo.

La verità era che immaginare lui nudo e noi due avvolti dalle lenzuola era un ottimo e benvoluto sollievo dalla mia vita noiosa e così inconsistente.

"Qualcosa del genere," dissi sospirano.

Anche se non era stata una giornata grandiosa, lavorare alla caffetteria era l'unico lavoro per cui ero qualificata.

In più, nessuno sembrava star assumendo al momento. E poi, avevo bisogno di risparmiare soldi per avere affittare un posto tutto mio, invece di bruciarmeli per dei liquori fin troppo costosi per quel che erano, ma era venire lì per osservare il barista era ben più facile ed economico.

C'era qualcosa in lui.

Qualcosa di oscuro e misterioso.

Le sue braccia erano coperte di tatuaggi che facevano capolinea da sotto la sua maglietta nera. "Sono veri?", chiesi indicando l'inchiostro sul suo avambraccio.

Avevo bisogno di più amici.

Mio fratello aveva qualche tatuaggio, io invece ero come una tela bianca, senza un segno. Non riuscivo a distogliere lo sguardo dall'avambraccio di Jayden.

"No, perdo tempo ogni mattina a scarabocchiarmi con un pennarello indelebile sulla pelle per far colpo sulle signore", replicò Jayden.

Irriverente.

Mandai già il mio bicchierino e feci cenno di versarmene un altro.

Prese la bottiglia di tequila e versò il liquido ambrato nel bicchierino da shot. "Lo sai, Skylar, ti basterebbe chiedermi di uscire per poterti vedere con me. Non devi venire per forza al bar ogni sera dopo il tuo turno."

Distesi le braccia sul bancone, per poi appoggiarci la testa, con la faccia verso il basso.

Un mugugno di disagio sfuggì dalle mie labbra.

"Cos'era quello?", chiese Jayden, ridendo sotto i baffi. "Ti ho messa in imbarazzo?"

Non sembrava dispiaciuto neanche un po'.

Avrei scommesso flirtasse con tutte le donne che aveva come clienti – qualsiasi cosa per una mancia più sostanziosa.

Probabilmente, funzionava anche.

Era bello, sebbene con una nota oscura e misteriosa, e lo sguardo che mi aveva appena lanciato, mi fece ballare le ginocchia.

Tutto in lui aveva quel fare da 'ragazzaccio'.

Non avevo bisogno di guardare verso di lui per sapere che sul viso avesse un ghigno divertito. Con un pesante sospiro, tirai su la testa e lo fissai.

"State assumendo per caso?"

Avevo bisogno di un lavoro che pagasse abbastanza da potermi permettere di affittare un posto o magari, comprarne uno.

Tutti i miei soldi se ne erano andati per riparare la macchina, pagare l'assicurazione e i liquori. Forse passavo troppo tempo fuori.

"Non al bar...", la sua voce si affievolì.

Catturò la mia attenzione. "Ma conosci un posto in cui assumono?"

Prese il bicchierino ormai vuoto e lo portò via, senza riempirlo stavolta.

"Jayden?"

Si guardò intorno prima di chinarsi verso di me.

Di cosa era preoccupato?

C'erano giusto una manciata di altri avventori nel bar, ma era rumoroso e difficilmente si sarebbe riuscito a sentire qualcosa sopra quella musica pulsante.

"Vieni nel retro con me."

Jayden fece cenno a un altro barista di star andando in pausa.

Seguii Jayden attraverso l'atrio oscurato per poi uscire dalla porta sul retro del bar.

Il rumore della musica sembrava distantissimo da dietro la porta chiusa. Mi fischiavano le orecchie.

"Conosci un posto in cui assumono?", gli domandai nuovamente, la voce un po' più alta di quanto avessi voluto.

La sua risposta fu un sussurro, la voce bassa, il tono rendeva chiaro che dovessimo parlarne di nascosto. "Ho bisogno di un compagno per un lavoro 'in nero'. Pagamento in contanti."

Mi piacevano i contanti, specialmente se potevo evitare di doverli dichiarare allo Stato.

"Quale sarebbe il lavoro?", chiesi, "Non ho intenzione di fare il corriere della droga."

Avevo visto abbastanza film per sapere che non finiva mai bene per i corrieri.

Inoltre, non avevo alcuna intenzione di finire dietro le sbarre.

Jayden sbuffò. "Non c'è nessuna droga di mezzo, il ché però non lo rende meno pericoloso."

"Va bene." Potevo cavarmela col pericolo.

Mi fissò con occhi taglienti, poi mi squadrò dalla testa ai piedi, per ben due volte. "Non potrai parlarne con nessuno di questo lavoro."

Finsi di serrarmi le labbra con una cerniera, come facevo da bambina. "Non preoccuparti. Non avrei comunque amici con cui parlarne qui."

"Include tuo fratello e la sua ragazza", aggiunse Jayden.

Spostai il peso da un piede all'altro. "Conosci mio fratello?"

Questa cosa mi metteva un po' a disagio.

Che altro sapeva di me di cui non fossi al corrente?

Annuì silenziosamente. "Ci vivi insieme."

"Come diavolo fai a saperlo?" Puntai il dito sul suo petto, spingendolo contro di lui.

Non sussultò né si mosse di un millimetro. "La tua patente ha il suo stesso indirizzo."

Oh. Aveva ragione. Avevo cambiato residenza una volta trasferita qui in città. "Conosci mio fratello." Era più un'affermazione che una domanda.

Come facevano a conoscersi? Non li avevo mai visti parlare, e Jaxon non aveva mai menzionato Jayden.

Jayden non elaborò molto di più. "Riesci a tenere un segreto nascosto da lui o no?"

2Non sa nemmeno che vengo qui ogni giorno dopo il lavoro," replicai. Quello era un segreto che tenevo nascosto da lui. Ce ne erano almeno una dozzina, forse anche di più.

"Sono serio, Skylar. Se lavorerai per me, nessuno dovrà mai saperlo. Si tratta di un'operazione sotto copertura."

Sembrava Jaxon quando parlare dei suoi affari alla Eagle Tactical. "Ti prego, non dirmi che lavori per mio fratello." Non era certa avrei potuto sopportare quella notizia.

"No, e non posso dirti per chi lavoro, quindi fammi il favore di non chiedermelo nemmeno," replicò Jayden.

"Okay."

Doveva far parte della C.I.A. o qualche altra agenzia del genere. Fino a quando mi avesse pagato regolarmente, avrei girato la testa da un'altra parte.

"Qual è il lavoro?", chiesi. "Cosa hai bisogno che faccia?"

"Sposarmi," rispose Jayden.

Tossii, sconvolta dalla sua proposta. "Scusami? E' una cosa folle."

Non poteva fare sul serio. Non mi sarei sposata né per soldi né per qualsiasi altra ragione.

"Rilassati. Fa parte del lavoro. Ho bisogno che pubblichi online foto del nostro fidanzamento sui tuoi profili social," continuò Jayden. "Ti procurerò un anello, Lo faremo sembrare ufficiale. Abbiamo bisogno di catturare l'attenzione del mio capo. Non si fida già di me, e ho bisogno che mostri interesse verso di te."

Okay, quindi forse non faceva parte della C.IA. e il suo capo sembrava del tutto pulito. Che lavorasse per la mafia o un cartello della droga?

"Vuoi che il tuo capo provi a far colpo su di me perché pensa che siamo fidanzati? Che razza di capo di merda sarebbe?" domandai.

Era un'idea orribile.

Jayden scoppiò a ridere, per poi lasciarsi andare ad un pesante sospiro. I suoi occhi sembravano stanchi, con delle occhiaie scure pesanti. "Non posso dirti nulla di più. Sei dentro o no?"

"Rischierei la mia vita?", chiesi.

Avevo il presentimento che chiunque fosse il suo capo, non era certo un gentiluomo.

Esitò per un momento prima di rispondere. Che stesse decidendo se rispondermi onestamente o mentirmi?

"Sì. Ti pagherò mille dollari a settimana."

Se proprio avessi dovuto rischiare la mia vita, lo avrei fatto per molti più soldi. "Voglio il doppio."

"Andata," rispose forse troppo rapidamente Jayden.

Forse avrei fatto meglio a triplicare.

"Passa da me domani dopo il tuo turno in caffetteria. Diciamo intorno alle dieci del mattino. Dammi il telefono, ti salvo il mio indirizzo."

Digitò velocemente sullo schermo del mio telefono, memorizzando le sue informazioni di contatto prima di rendermelo. "Ricorda, non puoi parlarne con nessuno di questo nostro accordo."

"Giuro che non lo farò."

Chi mi avrebbe mai creduto, del resto?

CAPITOLO DUE

Jayden

Non avrei voluto coinvolgere Skylar. Diamine, non avrei mai voluto coinvolgere nessun altro nel mio casino, ma avevo bisogno di un mio uomo infiltrato. O meglio, una donna in questo caso.

Potevo fidarmi dell'audace sorellina del mio fratello militare? Jacon e io ci eravamo a malapena parlati negli ultimi tempi.

O meglio, questo non era del tutto vero. Mi aveva offerto un lavoro con la sua squadra alla Eagle Tactical.

Non avevo avuto altra scelta che rifiutare.

Jaxon era completamente all'oscuro del mio rapporto con Enzo Ricci. In qualche occasione, lavoravo fianco a fianco con lo sceriffo Nelson e con le forze speciali della contea, ma nemmeno loro sapevano della mia connessione con Don Ricci.

Trascinare Skylar all'interno di questo affare era contro ogni protocollo, ma avevo bisogno del suo aiuto.

Il mio lavoro si era spinto ben oltre il solo eliminare i NoTech. Quasi ognuno di loro era morto oramai, ad eccezione di Emma. Si trovava in prigione al momento, in attesa della sentenza dopo essersi dichiarata colpevole.

Forse avrei dovuto ringraziare la mafia per aver massacrato il mio nemico, quello con cui avevo dovuto vivere e dormire insieme, fingere di farne parte, per ottenerne la fiducia e accesso alla loro intelligence.

Non era stato Don Ricci a massacrare i NoTech. Come dice il proverbio, il nemico del mio nemico...

Un bussare deciso risuonò contro lo spesso legno della porta.

"Solo un secondo," gridai in risposta, afferrando il mio Glock. Non prendevo mai rischi. Diedi un'occhiata attraverso lo spioncino, per poi vedere dall'altra parte quel metro e sessante di bellezza.

Bastò solo guardarla, per smuovermi gli ormoni. La sua camicetta era tagliata a V, andando in profondità nella sua scollatura, lasciando ben poco spazio all'immaginazione.

Giù, bello.

Era qui per lavorare, non per scoparmi.

Peccato.

Aprii la porta e mi assicurai fosse da sola.

La lasciai entrare nel mio appartamento, e riposi il mio Glock nella cinta dei pantaloni.

Ero paranoico?

Sì, ma per una buona ragione.

Skylar piegò le braccia sul petto. Le sue lunghe ciocche le cadevano sul viso.

Più la fissavo, più sembrava irritata.

"Allora, qual è il lavoro?" chiese.

Attraversai la stanza fino a un cassetto del comò, abbassai la maniglia di quello superiore e tirai con forza il cassetto. Scavai tra i calzini e recuperai il minuscolo portagioie. Lo lanciai a Skylar.

Armeggiò con la scatola, facendo quasi cadere il velluto nero, prima di riuscire ad aprire il coperchio. "Eri fidanzato?"

"E' solo qualcosa che tengo in giro", risposi. Questo era tutto ciò che avrebbe avuto come spiegazione. "Dobbiamo passare il pomeriggio insieme, fare un sacco di foto, far sembrare in qualche modo credibile che siamo felicemente fidanzati".

La fronte di Skylar si corrugò. "Qualcosa di credibile? Non pensi che possa fare la mia parte e fingere di essere follemente innamorata di te?"

Mi limitai ad alzare le spalle. "Non ho visto le tue capacità di recitazione. Inoltre, non è me che devi convincere".

Si appoggiò al letto, accasciandosi sul bordo. "Hai intenzione di dirmi perché lo sto facendo? Non ti avrei mai classificato come il tipo che deve pagare una ragazza da portare a casa ai propri genitori".

Non era questo. Neanche un po', ma tenni la lingua a freno. "Non preoccuparti. L'intero accordo è professionale al cento per cento".

Skylar socchiuse le labbra e accarezzò il letto accanto a lei. "Non deve esserlo per forza".

Mi stava forse mettendo alla prova? Enzo si sarebbe aspettato un certo livello di intimità se ci avesse visti insieme, ma non avevo pianificato che ciò accadesse.

La verità era che il mio piano faceva schifo. Avevo bisogno che Enzo si fidasse di me, e lui mi offriva ragazze a destra e a manca, donne che intendeva mettere all'asta e vendere al miglior offerente.

Mi disgustava.

Non voleva lasciar perdere, e io gli avevo mentito, gli avevo detto che avevo una fidanzata a casa. Il che significava che avessi bisogno di una ragazza che mi coprisse le spalle.

Emma era in prigione.

Non c'era stata nessun'altra dopo di lei, e anche allora, era stata solo un mezzo per un fine.

Un altro lavoro. Uno che era diventato troppo complicato.

Di solito non vado a letto con il mio protetto, ma con Emma era stata calda, sexy, feroce e si era offerta a me.

Non ero stato in grado di dire di no. Mi aveva stregato.

"Allora?" chiese Skylar. "Che lavoro è? Mi pavoneggio per la città mostrando il mio vistoso anello di fidanzamento?" Fece scivolare la fascia di diamanti sull'anulare prima di tirar fuori il cellulare.

Avevo bisogno di lei per avvicinarmi a Enzo. Non si fidava ancora di me, non completamente.

"È più complicato di così. Ho bisogno che tu raccolga per me informazioni su Enzo Ricci".

"Scusa?" Skylar si spinse giù dal materasso. "Non è quel losco miliardario che si è appena trasferito in città?" La sua voce si alzò di un'ottava mentre parlava. "È un trafficante di droga o qualcosa del genere? Sembra che lavori per la mafia".

A quanto pare, la voce viaggiava veloce.

"È il mio capo. Già crede che non mi fidi di lui. Cosa che non faccio. Ma non è questo il punto. Ho bisogno che tu raccolga più informazioni possibili dalle ragazze che ha in custodia. Sto cercando una ragazza di nome Lexa Clarke".

"Raccogliere informazioni. Come, esattamente, e chi sarebbe questa Lexa Clarke?" chiese Skylar.

Questo non era solo un lavoro rischioso. Era uno stile di vita e non uno in cui volevo impegnarmi, ma non c'era altra scelta.

"Mi accompagnerai a una festa che Enzo sta organizzando a casa sua. È già nel panico perché il carico di ragazze che doveva arrivare è stato ritardato".

"Ritardo?"

Le ragazze non erano esattamente in ritardo. Avevo intercettato la spedizione, avendo avuto accesso al manifesto di carico e rilasciato le ragazze in custodia federale. Enzo non sapeva che ero stato io a tradirlo. Se l'avesse saputo, mi sarei già ritrovato sotto terra.

Non volevo far preoccupare Skylar o darle informazioni che potessero essere usate contro di me in seguito. Meno sapeva, meglio era.

"Non importa delle ragazze. Ciò che importa è che tu mi raggiungerai a casa sua come mia fidanzata".

"Continuo a non capire come dovrei raccogliere informazioni sulle ragazze che ha in mano. Ci saranno anche loro alla festa?", chiese Skylar.

"Ne dubito. Sono sicuro che le tenga da qualche parte nel complesso della sua proprietà. Probabilmente un seminterrato o una cantina".

"Fammi indovinare. Vuoi che mi aggiri furtivamente senza farmi scoprire?" domandò Skylar.

"Sì. Dante sarà probabilmente di guardia al punto di accesso, quindi potresti dover flirtare con il secondo in comando di Enzo, Dante".

"Secondo in comando? Cos'è, un mafioso?"

Non risposi. Non avevo intenzione di mentirle. Ma sì, Enzo era il capo della mafia italiana che possedeva la maggior parte della costa occidentale e si era ramificata verso l'esterno. Si occupavano di contrabbando di armi, droga e ragazze.

Skylar espirò un pesante sospiro. "Meraviglioso."

"Tutto quello che devi fare è flirtare con lui, se ti prendono. È un babbeo. Facile da manipolare. Non preoccuparti".

"Flirtare con lui? Stai sminuendo il lavoro". Skylar non era un'idiota. Forse l'avevo sottovalutata.

"In questo momento è nei guai con il carico di ragazze scomparse. Dante ha bisogno di aiuto. Se tu sembri impaziente di compiacere, lui vuole disperatamente che Enzo sia felice. Mi tradirà facilmente per entrare nelle grazie di Enzo".

CAPITOLO TRE

Skylar

Risi del suo ridicolo piano. "Sei pazzo?"

Voleva davvero che mi aggirassi furtivamente in una fortezza mafiosa pesantemente sorvegliata e che flirtassi con il secondo in comando del boss mafioso se fossi stata scoperta?

"So che hai paura", disse Jayden, "ma una volta che avremo le informazioni che ci servono dal tuo microfono, allora ti tireremo fuori e chiuderemo l'intera operazione".

Sembrava troppo facile.

"Cosa succederà quando vedranno il microfono?"

Sapevo già la risposta. Mi avrebbero uccisa.

Appoggiò le mani le mani sulle mie spalle mentre mi fissava, torreggiando dall'alto. "Nessuno troverà il filo. Non sarà attaccato con il nastro adesivo come nei film. La nostra tecnologia è migliore di quella. Ti prometto che starai bene. Dentro e fuori senza un singhiozzo. Non resterai alla festa per più di qualche ora".

Molte cose avrebbero potuto andare storte, in un paio d'ore.

"Allora perché ho dovuto lasciare il mio lavoro diurno se questa è un'operazione di una settimana?", chiesi.

Non rispose.

Esattamente.

Sapeva che questo era pericoloso e andava ben oltre la semplice partecipazione a una festa.

Avremmo dovuto continuare la farsa anche dopo la festa. Per quanto tempo avremmo finto di essere sposati?

Forse Jayden non stava rischiando la sua vita, ma io mi sarei messa direttamente nelle mani di uomini che erano fondamentalmente dei mostri.

Forse voleva che tutto finisse entro una settimana, ma molte cose potevano andare male.

Ancora non capivo il suo folle piano. "Perché fingere di sposarmi? Sei davvero così disperato per un "più uno" alla festa?".

Ingoiai il groppo che mi si era formato in gola.

Jayden era un bel ragazzo e il pensiero di fingere di essere sposati sarebbe stato divertente se mi avesse invitata a un matrimonio o se avessimo finto di stare insieme per far ingelosire una ex ragazza.

Questo scenario era pericoloso invece, e mi spaventava.

"Andrà tutto bene". Il suo viso non mostrava alcun accenno di emozione.

Cosa mi stava nascondendo Jayden?

"Che beneficio ne trarresti dal nostro finto findazamento?" mi informai, inclinando la testa di lato. C'era dell'altro, qualcosa che non riuscivo a capire.

Jayden rise sottovoce prima di rispondere: "Sto cercando di convincere Enzo a smettere di lanciarmi donne addosso".

"Povero Jayden", lo presi in giro. Quando non fece una piega alla mia osservazione, mi avviciani a lui.

Voleva che fingessimo di essere fidanzati. Allora, dovevamo fingere di piacerci l'un l'altro.

Forse dovevamo anche fare pratica con i baci?

Ero del tutto d'accordo a pomiciare con lui. Era attraente e aveva un bel fisico. Era palese si allenasse regolarmente.

Appoggiai una mano sul suo petto e la feci scivolare fino alla fibbia della sua cintura. "Chi è Lexa Clarke? È la tua ragazza?" Volevo sapere chi fosse la ragazza che aveva bisogno di essere salvata.

Jayden si schiarì la gola. "Cosa stai facendo?"

"Non dovremmo sapere tutto l'un dell'altro? Voglio dire, che succede se mi beccano appena siamo dentro casa di Enzo e qualcuno mi chiede di una voglia o di un tatuaggio sul tuo corpo?" Le mie dita slacciarano la fibbia della sua cintura.

Aveva molti tatuaggi sulle braccia. In quali altri posti ne aveva?

"Questo non succederà", disse Jayden, la sua voce era ruvida e profonda. Alzò un sopracciglio verso di me.

"E come fai a saperlo?" Non l'avevo ancora lasciato andare. "Mi stai mettendo in pericolo. Il minimo che tu possa fare è assicurarti che io sia completamente preparata".

Le sue labbra scesero dure e veloci sulle mie, cogliendomi di sorpresa.

Con una mano sulla fibbia della sua cintura, l'altra mano scorse fino ai suoi capelli, attirandolo più vicino e più stretto contro il mio corpo.

Tutto dentro di me bruciava dalla voglia.

Non mi ero mai sentita così disperata prima.

Un gemito uscì dalle mie labbra mentre ci baciavamo e lui iniziò a strattonarmi più forte, più vicina, più stretta.

C'era una ruvidità in lui che non avevo mai sperimentato.

Desideravo di più. Mi piaceva molto.

Jayden si tirò indietro. "Cazzo", mormorò e fece un altro passo lontano da me come, se lo avessi bruciato.

Era caldo e freddo allo stesso tempo.

Che diavolo gli stava succedendo?

"Chi è Lexa Clarke?" chiesi di nuovo, questa volta più forte e con insistenza.

È per questo che aveva accadesse qualcosa di più tra noi?

Era innamorato di un'altra donna?

Aspettai che Jayden mi spiegasse perché voleva che mi aggirassi furtivamente nel complesso del suo capo.

Il calore e il fuoco che aveva oltre il suo sguardo si oscurarono.

"È mia nipote".

Il peso delle sue parole mi colpì come una tonnellata di mattoni. Quella era di certo l'ultima risposta che mi sarei aspettata.

"Cosa?" dissi, incerta di aver sentito bene.

"Lexa è mia nipote. Circa diciotto mesi fa, ho ricevuto una chiamata che diceva che mio fratello e la sua famiglia avevano avuto un terribile incidente d'auto. Lui aveva portato la famiglia in campeggio e il loro SUV era finito sul ciglio di un dirupo. Lexa fu l'unica sopravvissuta. Secondo il rapporto della polizia, si trovava fuori dal veicolo dando indicazioni a suo padre per la curva a gomito, quando il pneumatico ha colpito un punto molle ed è scivolato dal bordo della strada".

"Oh, mio Dio". Portai la mano alle labbra e mi coprii la bocca per un breve momento.

Jayden si passò una mano tra i capelli. "Se questo non fosse abbastanza orribile, non è mai arrivata a Breckenridge. La polizia l'ha considerata una fuggitiva, così come i Servizi Sociali. Ho fatto qualche indagine per conto mio, però, e ho rintracciato i suoi spostamenti in un giro di traffico di esseri umani che operava appena fuori da dove scomparve."

Mi accasciai di nuovo sul materasso. "È terribile." Quella povera ragazza aveva perso la sua famiglia e poi era stata trattenuta contro la sua volontà, con uomini che probabilmente le facevano cose orribili.

L'espressione di Jayden rimase cupa. "Lo è. È solo una bambina, ha appena quindici anni. Non sono riuscito ad arrivare oltre ad Enzo Ricci. Ogni traccia porta direttamente a lui. Diavolo, per quanto ne so, potrebbe già esser stata comprata e venduta, ma non posso arrendermi. Non mi arrendo. Mi rifiuto di lasciarla indietro".

I suoi occhi erano vitrei, le pupille scure, come due piattini. Esalò un respiro pesante, mentre percorreva la lunghezza dell'appartamento a grandi passi.

La sua casa era piuttosto piccola per qualcuno che poteva permettersi di pagarmi duemila dollari a settimana in contanti. Era chiaro che stesse cercando di mantenere un profilo basso.. Lavorare al bar era probabilmente un lavoro secondario, per tenere a bada eventuali sospetti.

"Cosa ti serve che faccia?" gli chiesi.

CAPITOLO QUATTRO

ARIELLA

"Buongiorno, Lentiggini". Jaxson mi tirò stretta contro il suo corpo, sotto le coperte.

"È già ora di alzarsi?" borbottai, con ancora gli occhi socchiusi.

Da un momento all'altro, Izzie avrebbe spalancato la porta della camera da letto. Se fossimo stati fortunati, non si sarebbe arrampicata sul materasso e non avrebbe iniziato a saltare sul letto.

Era stata un terrore ultimamente, e anche se avevo pensato mi mancassero quegli tempi, cavolo, mi sbagliavo.

Il respiro caldo di Jaxson mi accarezzò la pelle, mentre lasciava una morbida scia di baci a farfalla sul mio collo e lungo la mia scollatura, immergendo la testa sotto le coperte.

Gemetti, spostandomi sul letto per mettermi comoda pur conscia si trattasse di un'altra cattiva idea. "Jaxson," sussurrai; la mia voce era rauca e piena di bisogno.

"Shhh, dobbiamo abbassare la voce", disse lui, ricordandomi che potevamo essere interrotti.

Sepolto sotto le coperte, le sue labbra si lasciarono andare ad un percorso caldo lungo il mio ventre e attraverso il mio ombelico.

Non si soffermò, dirigendosi dritto al suo obiettivo. Fece scivolare le mie mutandine verso il basso e tracciò un lento percorso di baci caldi sù per il mio interno coscia fino alla destinazione prevista.

Diventai irrequieta dal suo giochicchiare, mi morsi il labbro inferiore per evitare di gemere, quando la porta della camera da letto si aprì.

Oh, merda.

"Jaxson", gemetti, cercando di dirgli che sua figlia stava per entrare a tutta birra nella stanza.

Il suo nome era l'unica parola che ero riuscita a far uscire.

"Ariella!" Izzie squittì, correndo nella nostra camera da letto.

La sua lingua smise di fare la sua magia e io mugolai per protesta.

Concentrazione.

Dovevo prestare attenzione a sua figlia e anche sgridare Jaxson più tardi per non avere una serratura sulla porta della camera da letto.

"Dov'è papà?"

Jaxson uscì da sotto le coperte, rivelandosi alla figlia.

"Papà!" Izzie salì sul materasso senza neanche un invito. "Che facevi lì sotto?"

Il suo sorriso sornione non aiutò a calmare il mio cuore. Mi fece mancare il fiato. Il cuore mi batteva all'impazzata nel petto, mentre cercavo di calmarmi.

"Cercavo di dormire. Ariella fa ogni sorta di rumori quando dorme" disse Jaxson.

"Non è vero!"

Gli diedi uno schiaffo sul braccio, giocosamente. "Dici un sacco di bugie!"

Izzie gettò uno sguardo tra di noi, i suoi occhi erano stretti e taglienti. Era l'immagine uguale sputata di suo padre.

"Papà non dice bugie", disse Izzie e si mise in piedi sul letto.

"Certo, era ovvio si schierasse dalla tua", commentai, gesticolando verso Jaxson.

Jaxson afferrò Izzie per la vita e la placcò sul letto con il solletico.

"Papà!"

Risi sottovoce.

Non c'era da stupirsi che amasse correre in camera da letto e saltare sul letto.

Rubava sempre l'attenzione del suo papà.

"Non sei una scimmia," le ricordò Jaxson. "Non si salta sul letto".

Izzie si dimenò e ridacchiò prima che Jaxson la lasciasse. "Ok", disse lei con un forte sospiro. Sembrava proprio suo padre.

Scivolai fuori dal letto. La mia camicia da notte copriva il fatto che le mie mutandine fossero sepolte da qualche parte sotto le lenzuola. Avrei dovuto trovarle più tardi.

"Qualche programma per questo pomeriggio?" si informò Jaxson, lanciandomi un'occhiata mentre mi dirigevo verso il bagno per lavarmi i denti.

"Harper mi ha invitata a portarla a fare shopping di vestiti prenatali e roba per bambini. Credo che anche Hazel si unirà a noi".

Era domenica, il che significava niente lavoro, e non vedevo l'ora di rilassarmi con una giornata tra ragazze.

Era già più di una necessita, ora che si era aggiunto lo stress di sapere che mia sorella avesse in programma di farmi una visita.

Non vedevo Delphine da mesi. Alla fine, aveva prenotato un volo e deciso di stare a dormire con me e Jaxson per una settimana, a casa nostra.

Aveva insistito per venire a conoscere l'uomo con cui vivevo e voleva assicurarsi che non fosse come Ben.

"Inoltre, Delphine arriva in città stasera. Dovrò andarla a prendere all'aeroporto verso l'ora di cena".

"Quindi, vuoi che cucini io?" disse, prendendomi in giro.

Jaxson si appoggiò al bordo del letto, mentre io mi lavavo i denti.

"Ieri sera alla grigliata, Hazel mi ha mostrato il suo telefono".

"Sì?"

Non ero sicura di dove volesse arrivare con il suo commento.

Izzie si sedette sulle sue ginocchia e tracciò le dita sui tatuaggi che segnavano la sua pelle. Sembrava annoiata ma per il momento, era occupata almeno.

Iniziai a lavarmi i denti, uscendo dal bagno per ascoltare Jaxson.

"Skylar si è fidanzata".

Per poco non sputai il dentifricio fuori dalla bocca. Tossii e mi affrettai a tornare al lavandino per sputare.

"Sei sicuro?" domandai. Skylar non aveva mai portato a casa un ragazzo da quando era andata a vivere con suo fratello maggiore.

"L'ha postato su tutti i suoi account di social media. Non posso credere che non ce l'abbia detto!"

Jaxson sollevò Izzie tra le braccia e si alzò.

Si diresse verso il bagno. I passi di Jaxson risuonavano pesanti sulle assi del pavimento, mentre percorreva la stanza in lungo e in largo.

Finii di lavarmi i denti prima di rientrare nella stanza, appoggiandomi allo stipite della porta.

"Ovviamente, deve essere stata una decisione d'impulso. Che fosse preoccupata per come avresti reagito?", dissi.

Skylar e Jaxson non erano stati particolarmente vicini, almeno da quello che potevo supporre. Non sembrava esserci cattivo sangue tra loro, ma non erano nemmeno migliori amici. Era come se non avessero nulla in comune, tranne i loro genitori.

"Cosa c'è di fidanzato?" chiese Izzie. Si dimenò tra le braccia di Jaxson, cercando di farsi mettere giù.

Lui le piantò i piedi per terra, e Izzie uscì dalla stanza.

Con un sospiro pesante, seguì la figlia, probabilmente per scoprire in quale guaio si sarebbe cacciata dopo.

Non conoscevo Skylar così bene. Anche se viveva con noi, la vedevo a malapena. Per quel che avevo potuto vedere, mi ricordava molto Izzie, con la sua spensieratezza e il suo atteggiamento sprezzante.

Jaxson si affrettò a scendere le scale, e io lo seguii qualche passo dietro, aspettando che fossero fuori dalla camera da letto per recuperare le mie mutandine da sotto le coperte.

Qualche minuto dopo, li raggiunsi in cucina. Jaxson stava preparando la colazione, mi avvicinai per offrirgli il mio aiuto.

"Cosa posso fare per aiutarti?" domandai.

"Ci penso io", disse Jaxson con un'alzata di spalle. "In questo momento, è bello tenersi occupati".

La sua mascella era serrata. I suoi occhi erano stretti e pieni di determinazione mentre misurava ogni ingrediente da mettere nella ciotola di plastica. Non si trattava solo di preparare la colazione. Che fosse ancora per la storia di Skylar?

"Sono sicura che abbia intenzione di dirtelo," dissi.

Jaxson sbuffò sottovoce. "Ne dubito. Il post risale a ben più di una settimana fa".

"Magari non sa come dirtelo... Sei il suo fratello maggiore. Potresti intimidirla", commentai, riponendo i piatti puliti della sera prima nell'armadietto.

Lui mi lanciò un'occhiata. "Non è questo. Conosco mia sorella, e lei ci è dentro fino al collo. Sta per sposare Jayden!"

"Chi è Jayden?" chiese Izzie.

"Che ne dici se portassi Izzie con me per una giornata tra ragazze? Faremo solo un po' di shopping, più tardi in mattinata. Potrebbe darti il tempo di fermarti al bar dove lavora tua sorella e scoprire cosa sta succedendo, di parlare con lei".

"Sì, lo farò". Jaxson esalò un forte sospiro mentre mescolava la pastella per i pancake. "Sei sicura che ti vada bene tutto questo shopping per bambini e l'organizzazione di una festa per Harper? Lincoln mi ha detto che ti sei offerta di organizzarle una festa".

"Harper non ha altri amici qui", dissi, ricordando a Jaxson che aveva stravolto la sua vita da Los Angeles per vivere a Breckenridge con Lincoln.

Jaxson e Lincoln erano amici. Lo stavo facendo tanto per Jaxson quanto per Harper.

Misi via gli ultimi piatti nell'armadietto e mi voltai verso di lui. "Inoltre, mi piace passare del tempo con lei".

"E Hazel? Lei potrebbe organizzare la festa per il bambino. Sono sicura che se glielo chiedessi, sarebbe felice di aiutare a facilitare le cose".

Jaxson accese il fornello.

"Di che si tratta, veramente?" chiesi. Avevo la sensazione che avesse poco a che fare con la festa per il bambino, ma con qualcos'altro.

Lui guardò Izzie, prendendo tempo.

Dubitavo avesse capito di cosa stessimo discutendo. "Starò bene. Non devi preoccuparti", dissi.

Una volta che la padella fu calda, versò la pastella dei pancake. "Sono sicuro andrà bene, ma è davvero una buona idea? Hai perso un figlio".

La faccia di Izzie si corrugò e mi strattonò il braccio. "Dov'è andato?"

"Dov'è andato cosa?" chiesi, lanciando un'occhiata a Izzie.

"Hai dimenticato dove l'hai messo come ho fatto io con la mia paperella di peluche?"

Mi chinai e diedi a Izzie un rapido abbraccio e un bacio sulla guancia. Non volevo approfondire la conversazione con lei. Era intelligente, ma troppo giovane per discutere della morte di mio figlio.

"Che ne dici di vestirti mentre papà finisce di preparare la colazione?" chiesi, sviando la conversazione dall'argomento.

Izzie sfuggì alla mia presa e si precipitò sulla scala posteriore.

"Sono preoccupato per te", disse Jaxson, mentre seguivo Izzie verso la tromba delle scale.

L'ultima cosa che volevo era avere una conversazione sul mio figlio defunto. Era un ricordo che portavo sempre con me, ma di cui non volevo mai parlare con nessuno.

Incluso Jaxson.

CAPITOLO CINQUE

Skylar

Era un piano stupido ed ero stata un'idiota a seguirlo, ma avevo bisogno di soldi. Inoltre, non ero avversa al rischio.

Mi ficcavo sempre in situazioni terribili, ma di solito includevano uomini squallidi e troppi drink.

Indossavo un vestito corto di paillettes nere che Jayden aveva portato a casa, della mia taglia. Ero rimasta a casa sua negli ultimi giorni, a partire dal nostro finto fidanzamento.

Il vestito mi stava bene e abbracciava tutte le mie curve nel modo giusto.

Come faceva a sapere la mia taglia?

Non riuscivo proprio a raggiungere la cerniera.

Tenni il vestito intorno al mio busto. Non c'erano spalline.

"Tirami su la cerniera dietro", dissi, indicando l'abito aperto dietro di me.

Jayden mi fissò per un minuto, con la bocca aperta.

Inclinai la testa di lato, sorridendogli mentre fissava il vestito che copriva a malapena le mie grazie.

"Mi hai sentito?" chiesi, la mia voce si fece più morbida. Potevo sentire il calore farsi strada nelle mie guance. Dovevo essere arrossita.

"Wow, sì, tieni sù i capelli", ordinò, afferrando una ciocca dei miei capelli e tirando. Mi spostò il collo di lato.

Jayden si chinò più vicino.

Il suo respiro aleggiava sul mio collo esposto. Un brivido percorse il mio corpo.

Stava per baciarmi?

Il mio sguardo si alzò verso di lui.

Jayden si avvicinò di più e mi sussurrò contro l'orecchio: "Tieni i capelli e ti chiudo la zip del vestito".

Giusto, il vestito.

Avevo già dimenticato che era il motivo per cui si era rannicchiato dietro di me. Ero pronta a togliermi quella dannata cosa e a fare i miei comodi con lui sul materasso, a pochi metri da dove ci trovavamo.

Perché aveva questo potere su di me?

Tenni le mie trecce, mantenendole fuori dalla portata delle dita di Jayden, mentre mi chiudeva lentamente la cerniera verso l'alto. Il suo respiro mi stuzzicava la pelle durante quel breve processo.

Chiusi gli occhi, godendo della sensazione di sentirsi desiderata.

Mi voleva? O si trattava solamente di una recita?

Mi aveva fatto credere che fosse reale.

Non ero io quella che doveva convincere che fossimo fidanzati.

Il suo tocco su di me scomparve, e sentii un vuoto che mi attraversava.

Mi girai sui miei piedi nudi, fissandolo. Jayden era vestito elegantemente, in pantaloni neri con una camicia bianca abbottonata. Era molto diverso dal suo abbigliamento al bar.

Jayden stava cercando di impressionare Enzo stasera o qualcun altro alla festa?

"Ti sei sistemato per bene", dissi, trovandolo irresistibile, mentre lo squadravo dalla testa ai piedi.

"Io?" Jayden fece un sorriso sornione. "Sei splendida".

I suoi occhi fecero un altro giro sul mio corpo, ammirando le mie curve.

Mi sarei sentita troppo agghindata, se non avessi visto quanto fosse bello Jayden. Se si sentisse a disagio o meno, non riuscivo a dirlo.

"Grande festa?" chiesi, sorpresa dall'abito elegante. Altrimenti perché mai avrebbe portato a casa il completo elegante?

"Si può dire così, sì", disse Jayden. Si avvicinò al suo cassettone e recuperò un medaglione d'argento a forma di cuore. "La catenina che devi indossare".

"Jayden."

La mia voce mi si bloccò in gola.

Il suo sguardo si fissò sul mio. "Puoi farcela. Ho fiducia in te".

Il nervosismo era talmente alto, che non riuscii nemmeno a spiegare la sensazione di terrore che mi assalì in quel momento.

"Okay."

———

Tenne il suo braccio attorno al mio fianco, presentandomi a chiunque alla festa. "Questo è Enzo", Jayden mi sussurrò all'orecchio.

Mi incollai un sorriso sul viso, con una mano tenevo un flute di champagne e con l'altra la mia borsetta.

Non ero pronta a sgattaiolare via e andare alla ricerca di sua nipote o di altre ragazze che Enzo avrebbe potuto tenere prigioniere da qualche parte.

Sorseggiando lo champagne, sperai che le bollicine calmassero i miei nervi.

Enzo era un individuo più spesso di Jayden. Jayden era tutto muscoli. Enzo invece, sospettavo, doveva aver mangiato qualche ciambella ripiena di troppo. Aveva un naso affilato e una folta testa di capelli neri e scuri, palesemente tinti.

Enzo si diresse proprio verso di noi, con uno sguardo di fredda determinazione sul viso.

Sentire il suo sguardo scrutatore mi mise a disagio.

Una parte di me voleva fuggire, correre fuori dalla porta principale prima che lui si presentasse, ma non potevo muovermi. I miei piedi erano incollati al pavimento nei miei nuovi e lucidi tacchi a spillo neri.

"Jayden."

Il forte accento italiano di Enzo riempì la sala da ballo. La sua voce risuonava oltre la musica che proveniva dall'estremità opposta della sala.

Un quartetto d'archi dava vita a melodie recenti, vibranti e vivaci, ma nessuno ballava. La maggior parte della folla era composta da uomini, certamente non più giovani di Jayden, alcuni più anziani con i capelli brizzolati, tutti vestiti elegantemente in un completo.

"Enzo". Jayden forzò un sorriso mentre stringeva il braccio dell'altro uomo in un saluto di benvenuto. L'altra mano rimase stretta intorno alla mia vita. "Vorrei presentarti la mia dolce metà, Skylar".

Enzo sollevò la mia mano alle sue labbra e posò un bacio sul dorso della mia mano. "È un piacere fare la tua conoscenza".

"Il piacere è tutto mio", risposi, forzando un sorriso.

"Spero che entrambi vi stiate godendo i festeggiamenti di questa sera. Ho una sorpresa speciale per la tua fidanzata", disse Enzo.

Recuperò un nastro rosso e lo legò tra i miei capelli intorno ai riccioli e all'elastico che teneva già i miei capelli parzialmente sollevati.

Che strano.

C'era qualcosa in lui che non riuscivo a leggere.

La sua espressione mi fece venire le farfalle nello stomaco.

Mi rifiutai di lasciar vagare lo sguardo, mentre Enzo mi fissava dopo aver sistemato il nastro. "È molto gentile da parte tua, grazie", risposi.

Enzo forzò un sorriso prima di fare un passo indietro e battere le mani. "Signori", annunciò.

La musica si fermò mentre parlava. "Ho il privilegio di presentarvi stasera giusto un assaggio di quel che abbiamo da offrire".

Le luci si abbassarono. Una porta in fondo al corridoio si aprì, e delle signore vestite di lingerie vagarono nella sala da ballo.

Una dozzina di signore, poco vestite, con gli occhi vitrei, erano come in...esposizione.

Un riflettore si posò su di loro, mentre si rannicchiavano insieme, chiaramente a disagio.

"Ricordate, se volete assaggiare la merce, vi costerà", disse Enzo con una risata cordiale. "Nessuna donna stasera è fuori mercato. Se vedete qualcosa che vi piace, è vostra per possederla, addomesticarla e farne ciò che ritenete opportuno".

Dando un'occhiata alla stanza, mi resi conto che non c'erano altre donne alla festa oltre a quelle trafficate da Enzo Ricci e... a me.

CAPITOLO SEI

Jayden

Skylar mi strinse il braccio. Le sue unghie scavarono nella mia carne.

Cercai di non trasalire per il dolore improvviso. Appoggiai la mia mano sulla sua e la guardai con la coda dell'occhio.

Sebbene il piano fosse quello di farla intrufolare nel complesso e raccogliere informazioni, non avevo previsto che Enzo avrebbe sfacciatamente mostrato la donna come se fosse un'asta.

Enzo si trovava in piedi, a pochi metri di distanza da noi.

Un ghigno malvagio gli attraversò il volto. Schioccò le dita. La musica riprese e le luci illuminarono la sala da ballo.

"Comando io, tesoro. Lo sono sempre stato. Lo sarò sempre, soprattutto finché il tuo fidanzato lavorerà per me", disse Enzo e si avvicinò a Skylar.

I suoi occhi percorsero tutto il suo corpo. Il suo sguardo si fissò sulla scollatura e poi sulla gonna corta del vestito che indossava. "Le sta bene, non credi? Me ne intendo di moda".

"L'ha scelto lui per me?"

Gli occhi di Skylar si spalancarono, lasciandola a bocca aperta.

Il colore le uscì dal viso.

"Sì, cara", disse Enzo. "Volevo fare di te l'attrazione principale di questa serata".

Enzo afferrò Skylar per un braccio e la portò dall'altra parte della stanza, verso le altre donne rannicchiate insieme, tremanti di paura.

Non era quello che avevamo pianificato.

Dove aveva trovato Enzo una dozzina di donne per l'evento di stasera?

Le donne che erano state trafficate e destinate a questa serata erano state intercettate. Le avevo consegnate direttamente ai federali.

Skylar mi guardò da sopra la spalla, pregandomi silenziosamente di salvarla.

CAPITOLO SETTE

Skylar

"Certo che sei una bellezza, eh?"

Un signore dai capelli scuri, con la mascella quadrata e gli occhi più grigi che avessi mai visto, mi guardò come se fossi stata nuda. "La prendo io", disse e fece un gesto verso Enzo con due dita.

"Mi scusi?", ribattei.

Non ero qui come una delle sue ragazze da far sfilare, o peggio, come una forma di intrattenimento.

Anche se Jayden voleva mantenessi un basso profilo come sua fidanzata, questo andava al di là di ciò in cui persino io potessi essere a mio agio a partecipare.

Enzo mi afferrò la mascella e mi tirò la faccia per incontrare il suo sguardo scuro. "È focosa e vivace. Una donna così ti costerebbe normalmente il doppio".

"Lasciami!"

Mi spinsi via da lui, solo per sentire una serie di braccia forti e vigorose contro le mie spalle, che mi tenevano al mio posto.

Ti prego, fa' che sia Jayden.

Diedi un'occhiata oltre le mie spalle.

Non era Jayden. Era trattenuto da due guardie, con una terza all'inseguimento per metterlo a tacere o farlo fuori. Non ero sicura quale delle due fosse l'intenzione.

La musica continuava con un ritmo frenetico. I violini lasciavano cadere note veloci e taglienti che corrispondevano al ritmo del mio cuore che correva all'impazzata.

Qualsiasi cosa Jayden gridasse, non poteva essere sentita a causa della distanza.

"È testarda, ma sono sicuro tu sia molto desideroso di domarla e spezzarla, Angelo", disse Enzo, parlando di me come se fossi un cavallo e non una persona.

Ero impossibilitata a correre via, il gigante dietro di me mi teneva ferma. Era mostruoso, con le sue mani spesse e la presa stretta, torreggiava di un metro sopra di me. In un'altra vita avrebbe potuto essere un giocatore di basket.

Come era finito a lavorare per Don Ricci?

Diavolo, come avevo fatto a farmi trascinare in questo casino per qualche misero dollaro?

La mia vita valeva più di due mila maledetti dollari.

"Non sono tua," dissi, lottando contro la presa dell'uomo che affondava le dita nelle mie spalle. Avrebbe potuto facilmente sollevarmi e portarmi fuori dalla stanza. Forse l'avrebbe fatto, se non mi fossi calmata al più presto.

Le altre ragazze mi guardarono contorcermi. Nessuna di loro offrì aiuto. Non provarono a correre.

Avevano capito di non poter scappare, che fosse inutile anche solo tentare?

Non ero disposta ad arrendermi così facilmente, ma non sembrava che Jayden fosse di alcuna utilità.

Ottimo.

"Lei è la star della serata, la nostra vetrina principale", ricordò Enzo. "Puoi averla a una condizione".

Angelo praticamente sbavava all'invito.

"E quale potrebbe essere?" chiese Angelo. Si avvicinò e io provai a reprimere un brivido, quando il suo pesante profumo di colonia che sapeva di alcol mi bruciò le narici.

La bile mi salì in gola. Tenevo le mani in pugni stretti ai miei fianchi, con le unghie che mi scavavano nei palmi, lasciando un'incisione per il dolore che provavo. Lo feci per non piangere.

Nessuno di questi uomini meritava di assistere alla paura e alla trepidazione che mi bruciava dentro.

No, non mi sarei accucciata davanti a nessuno dei due bastardi che pensavano che non fossi altro che un oggetto qualsiasi.

"Non voglio che tu o i tuoi uomini vi avviciniate al mio territorio. I nostri affari sono finiti".

Angelo incrociò le braccia sul petto. "Chi ha parlato di calpestare la tua terra? Sei stato tu a invitarci qui stasera. Non dimenticarlo, Enzo".

"Signore". Un signore che non riconobbi si avvicinò a Enzo e gli diede un colpetto sulla spalla.

Enzo lanciò un'occhiata all'altro uomo, che era di qualche centimetro più basso, ma avevano gli stessi occhi, naso e mascella e avrebbero potuto essere fratelli. "Sì, Dante?"

Dante. Riconobbi quel nome.

Jayden mi aveva detto che Dante era il secondo di Enzo.

Cercai di non fingere troppo interesse per ciò che i due uomini discutevano.

Abbassarono la voce, e con il crescendo della band dal vivo era difficile sentire le loro parole.

Enzo fece un cenno deciso, prima che Dante si affrettasse tra la folla.

Non riuscivo a capire bene dove stesse andando.

Che Jayden fosse riuscito a respingere le guardie? Stava portando rinforzi?

Enzo si schiarì la gola. "Le mie scuse per l'interruzione. Come dicevo, i nostri affari, come sicuramente saprete, si stanno espandendo, e non ci piace che altre famiglie ci tradiscano. Ho saputo da fonte sicura che il vostro Capo, Sergio, ha rubato una delle nostre spedizioni".

Cercai di non far finta di sapere di cosa stessero conversando i due uomini.

Ma un carico rubato?

Potevo solo supporre che Enzo si riferisse alle donne che erano state trafficate.

Se così era, allora perché Jayden era stato allontanato dalle guardie e io ero in prima linea con Enzo e Angelo?

Che diavolo stava succedendo?

Angelo inarcò un sopracciglio. "Stai accusando i miei uomini di rubare alla famiglia Ricci? È una bella accusa, Enzo".

"Ma non un'accusa priva di fondamento. Ho cercato di accoglierti come amico, di invitarti a fare affari con la mia famiglia, ma tu vieni nella mia città e cominci a muoverti nel mio territorio. Breckenridge non è abbastanza grande per entrambe le nostre famiglie", minacciò Enzo.

"Dannazione se non lo è."

Angelo sbuffò e scosse la testa.

Gli occhi di Enzo si strinsero, ma non parlò. Non ancora.

"Non prendo alla leggere le minacce. Non importa se sei Don Ricci o un boss del cazzo". Angelo mi strattonò il braccio e mi spinse fuori dalla morsa del gigante della sicurezza di Enzo.

Cercai di strapparmi dalle sue grinfie, ma lui non mi lasciò andare. Forse, senza le guardie circostanti, sarei potuto scappare nel momento in cui mi avrebbe portato fuori.

Era una possibilità reale o solo un desiderio?

Potevo farcela con un solo uomo.

Sarei stata fregata, invece, se avessi dovuto combattere contro un esercito.

Il labbro superiore di Angelo si arricciò, con disgusto. "Mi stai minacciando. La prendo come una promessa per te, Don Ricci. Non abbiamo finito, neanche lontanamente".

"Resta fuori da Breckenridge", scattò Enzo. "E tieniti la puttana".

Angelo mi trascinò fuori.

Una mezza dozzina di uomini ci seguì.

Erano con Angelo o erano guardie di Enzo e ci scortavano fuori dalla proprietà? Non riuscivo a distinguere gli uomini, ma nessuno dei due era lì per salvarmi.

Angelo mi condusse verso il suo SUV nero, che aspettava davanti all'ingresso della villa di Enzo.

"Lasciami!"

Mi spinsi via da lui, scalciando e graffiandolo con le unghie, qualsiasi cosa per favorire la mia fuga.

"Basta!" La voce di Angelo mi urlò contro, mentre mi dava un manrovescio in faccia, e il suo dito si impigliò nella mia catenina. Mi strappò la collana, lasciandola cadere a terra.

Mi punse la guancia, e sentii il sapore metallico del sangue sulle labbra.

"Sali!", ordinò Angelo.

Una delle guardie che ci aveva scortato fuori aprì la porta posteriore del SUV.

Non mi mossi. Non avevo intenzione di mettermi ulteriormente in pericolo.

"No", dissi.

Non avevo intenzione di inchinarmi a nessuno, boss mafioso o meno.

Questa era la mia occasione, la mia sola e forse unica opportunità di fuga.

Angelo era salito sul sedile anteriore del veicolo e pensava sfacciatamente che avrei eseguito i suoi ordini.

Non ero come le altre ragazze.

Avevo paura?

Sì, ma avrei lottato prima di cedere alle sue richieste.

Scivolai oltre la guardia che era un solido metro e novanta e mi affrettai tanto velocemente quanto i miei piedi mi consentivano. Attraversai di corsa il vialetto e attraversai l'erba con i tacchi a spillo, un compito non facile.

Mi diressi verso la linea degli alberi che portava alla foresta.

Quanto lontano sarei arrivata prima che mi prendessero?

Si sarebbero fermati se fossi arrivata a casa, o avrebbero continuato a darmi la caccia?

Bang!

CAPITOLO OTTO

Jayden

Cazzo! Non era andata come previsto.

Enzo mi stava addosso, ma non ero sicuro da quanto tempo.

Sapeva che Skylar non era la mia fidanzata? Non aveva dato segno di aver capito non stessimo davvero insieme.

Perché mi aveva trascinato a calci in culo fuori dalla festa?

Non mi aveva giustiziato. Se avesse creduto che lo avessi tradito, mi avrebbe ucciso a sangue freddo. Enzo non era un uomo che perdonava.

Qualcosa lo aveva fermato, ma non ero certo cosa.

E Skylar era ancora dentro, rinchiusa tra mafiosi e pervertiti.

Cosa le sarebbe successo?

Due guardie corpulente mi trascinarono, scalciando e urlando, fuori dalla casa di Don Ricci. Nessuno dei due mi aveva detto una parola su cosa diavolo stesse succedendo.

Mi avevano buttato fuori e avevano aspettato che salissi in macchina e me ne andassi dalla proprietà, prima di lasciarmi solo.

Non potevo lasciare Skylar da sola con quegli uomini.

L'avevo messa io in questo casino. Era tutta colpa mia.

Mi allontanai dalla casa di Enzo, solo perché costretto, ma non me ne andai.

Uscii di strada alla svolta, assicurandomi di avere un buon punto di osservazione ma che i suoi uomini non potessero individuarmi facilmente.

Le telecamere di sicurezza erano situate all'esterno della proprietà. Non potevo intrufolarmi senza essere visto, e anche se la maggior parte della sua squadra di sicurezza era occupata per la festa, c'era ancora un certo numero di guardie a vigilare.

Il che significava che avevo bisogno di un altro piano, uno meno appariscente.

Potevo nascondermi fuori dalla casa del capo e aspettare che Angelo DeLuca se ne andasse. Supponendo che Skylar fosse costretta a partire con lui, avrei potuto seguire il suo veicolo non appena se ne fosse andato.

Ma se fosse stata trascinata attraverso il complesso e condotta fuori da un'altra uscita di cui non ero a conoscenza?

O se se ne fossero andati insieme ad altri veicoli, che facessero parte della squadra di DeLuca o di un altro ospite della festa, e non avessi potuto determinare in quale veicolo fosse intrappolata?

Una dozzina di scenari diversi si susseguirono nella mia testa. Nessuno di essi finiva bene per Skylar.

E io avevo fallito nel trovare mia nipote.

Che possibilità avevo di salvare Skylar?

Mi slacciai i primi due bottoni della camicia. Stavo soffocando.

Il mio telefono vibrò nella tasca. Lo estrassi e lessi il messaggio di Dante.

So che non te ne sei andato. Incontriamoci alla vedetta. Dieci minuti.

Che fosse una trappola?

Se Enzo mi avesse voluto morto, Dante avrebbe sparato in casa, durante la festa.

Perché' incontrarci alla vedetta?

Conoscevo il posto. Era dove avevamo raccolto il carico di ragazze. Quelle che non ce l'avevano fatta l'ultima volta, il che era strano, considerando il numero di ragazze costrette a partecipare all'evento di stasera.

Da dove diavolo erano venute?

Guardai il telefono ancora una volta, considerando le mie opzioni. Se fossi andato, ci sarebbe stato la possibilità che perdessi Skylar, ma se invece fossi rimasto, chi poteva dire che l'avrei anche vista uscire?

Esalai un respiro instabile e risposi al messaggio che ci sarei stato all'appuntamento, poi rimisi il telefono in tasca.

Salii sul mio veicolo e mi diressi verso il punto di osservazione. Mi ci sarebbero voluti esattamente dieci minuti per arrivare dove Dante voleva incontrarmi.

CAPITOLO NOVE

Skylar

Volevo disperatamente scappare.

I miei stupidi tacchi non mi aiutavano per niente nell'erba. Mi rifiutai di guardare dietro di me, preoccupata che potesse rallentarmi.

Bang!

Uno sparo risuonò e mi sfrecciò vicino alla testa.

"Era un colpo di avvertimento", urlò Angelo. "Non sbaglio mai".

Stava bluffando? Mi aveva mancata per un pelo.

Avevo momentaneamente rallentato, inciampando nei miei stupidi tacchi.

Bastò questo perché i suoi uomini mi placcassero a terra e perquisissero.

Le loro mani vagarono un po' troppo a lungo e vicino alla mia pelle, sotto la mia gonna.

"Lasciatemi!"

Ci vollero due guardie, una per lato, per trascinarmi verso il SUV nero.

"No!", gridai dimenandomi, cercando invano di liberarmi.

"Vuoi che ti spari?", disse Angelo, posizionato accanto all'auto. Poco prima, era seduto sul sedile del passeggero anteriore.

Era sceso per spararmi? Sparava meglio dei suoi uomini o non si fidava di loro per sbrigare il lavoro?

Mi infilai nel sedile posteriore.

Angelo mi tenne la porta aperta. Non c'era molta scelta.

I due scagnozzi della sicurezza si rifiutarono di allentare la presa su di me finché non fui nel veicolo.

Angelo sbatté la porta dietro di me. Salì sul sedile anteriore e mi guardò di nuovo. "Non fare stupidaggini".

Fece balenare la pistola nella mia direzione, con la mano sul grilletto.

"Non vedo l'ora di premerlo di nuovo".

Mi sentivo la bocca asciutta. Arricciai le labbra ma proferii parola.

Cosa diavolo avrei potuto dire per farmi lasciare in pace da lui?

CAPITOLO DIECI

Jayden

Contro ogni buon senso, acconsentii ad incontrare Dante.

Arrivato al punto di osservazione, riconobbi il suo veicolo.

Presi la mia pistola di riserva da sotto il sedile del conducente e la infilai nei pantaloni, sotto la giacca.

Il suo autista era seduto in macchina mentre Dante è sceso dal veicolo. I suoi occhi mi squadrarono da capo a piedi.

"Hai un'arma?"

Non sarei venuto disarmato, questo era sicuro.

"Ce l'hai?", replicai, rivolgendo la domanda a lui. Senza dubbio era armato, e probabilmente con più di una pistola, se lo conoscevo bene.

"Non sono venuto qui per spararti", disse Dante. Alzò le mani in segno di resa, avvicinandosi a me.

Gli uomini di Enzo mi avevano già buttato fuori dalla festa. Non volevo che mi prendessero anche calci in culo. "Così è abbastanza vicino". Non mi fidavo di lui né di nessuno che lavorasse per Enzo Ricci.

"La tua ragazza, Skylar, viene usata come una pedina per Enzo. Lui non si fida di Angelo DeLuca, e nemmeno io", disse Dante.

Perché mi stava dicendo questo?

Il sole picchiava sulla distesa di terra. Dal belvedere, non c'era molto da vedere se non una foresta che si estendeva per chilometri.

A causa del caldo opprimente estivo, il sudore mi colava sulla fronte.

"Devi aiutarmi a tirarla fuori di lì. DeLuca la ucciderà".

Le sopracciglia di Dante si strinsero. "Sarebbe fortunata se quel bastardo non le facesse altro. Enzo crede che Angelo stia rubando le ragazze, facendo la cresta sulla nostra operazione".

"Cazzo."

Questa era una novità per me.

Avevo fatto in modo che il 'prelievo' avvenisse senza problemi.

Gino, il secondo di Angelo, così come Capo Sergio, erano stati i miei principali contatti per DeLuca. Entrambi gli uomini con cui avevo avuto il privilegio di avere a che fare erano dei pezzi di merda, ma non avevo nemmeno considerato che avrebbero potuto non consegnarci l'intero carico.

"Hai le prove che DeLuca stia tenendo per sé parte della consegna di Enzo?"

"Se il capo avesse delle prove, avrebbe iniziato una guerra con DeLuca. Ha mandato la tua ragazza sotto copertura", disse Dante.

Skylar aveva idea di quello che stava facendo?

"Impossibile." Non ci credevo. "L'hai mandata a farsi ammazzare!"

A che gioco stava giocando Dante? Non mi fidavo minimamente di lui.

Avrei giurato, basandomi sul fatto che avevano praticamente consegnato Skylar ad Angelo, che mi avessero scoperto.

Mi ero forse sbagliato?

Era stata una messinscena per il bene di Angelo?

"Abbiamo bisogno che DeLuca creda che pensiamo che tu ci abbia tradito. Solo così scopriremo chi è la vera spia che ha rubato la proprietà di Don Ricci". Dante fece un passo verso di me.

"Lei è d'accordo con l'accordo?" chiesi. "Lo sa che sta lavorando come talpa per Don Ricci?"

Dante rise sottovoce e fece una leggera scrollata di spalle. "Ne dubito. Se lo sapesse, te l'avrebbe detto, e tu avresti inevitabilmente impedito che accadesse".

Non aveva torto. Non c'era alcuna possibilità che avrei accettato di buon grado il piano. Era un suicidio.

Afferrai il vestito di Dante e lo strattonai più vicino. "Quando Angelo sospetterà che Skylar è una talpa, la ucciderà. Quando succederà, verrò a cercare te ed Enzo".

Dante ignorò la mia minaccia. "Le donne possono essere sostituite. Don Ricci è stato contento del lavoro che hai fatto, non deluderlo per una ragazza".

Ritirai il mio pugno e assestai un colpo secco sulla guancia di Dante.

"Skylar è insostituibile. E tu mi aiuterai a tirarla fuori".

CAPITOLO UNDICI

JAXSON

Entrai nel bar come una furia, con i pugni stretti ai fianchi. I miei piedi battevano contro il pavimento. Non aspettai di essere invitato, feci il giro dietro il bancone, ponendomi faccia a faccia con Jayden.

Lo afferrai per il risvolto della camicia, dandogli l'opportunità di spiegarsi prima che lo prendessi a calci in culo.

"Quando avevi intenzione di dirmi che ti sei scopato mia sorella?"

Non volevo che uscisse così, così rozzo e condiscendente, ma ero incazzato.

Erano fidanzati, e lui non aveva avuto la decenza di farsi vedere da nessuna parte con mia sorella.

Se non l'avessi visto sullo stupido account di Skylar sui social media, non avrei nemmeno saputo che era fidanzata.

Non aveva intenzione di dirmelo?

Merda.

Era incinta?

"Hai messo incinta mia sorella?" Almeno così avrebbe fatto la cosa più onorevole, sposandola.

"Whoa!" Jayden mi spinse indietro, allontanando le mie mani dalla sua camicia e dal suo petto. "Non sono andato a letto con tua sorella. Calmati e abbassa la voce".

I suoi occhi si mossero velocemente.

Chiunque altro non l'avrebbe notato, ma ero stato in combattimento con Jayden.

Conoscevo quello sguardo ovunque.

In cosa diavolo si era immischiato? "Che cosa hai fatto?" chiesi. Mi passai una mano tra i capelli.

"Non preoccuparti", disse Jayden. Mi voltò le spalle.

Dove diavolo era Skylar?

Non la vedevo da giorni.

Di solito, sgattaiolava dentro tardi, ben oltre la mezzanotte. Non ero entusiasta del suo comportamento, ma non era una mia responsabilità. Skylar era un'adulta. Anche se a volte pensavo che le servisse ancora un po' di maturare.

Non potevo ignorare il fatto che fossero fidanzati. "Stai per sposare mia sorella. Se non l'hai messa incinta, allora hai un sacco di spiegazioni da dare".

Non sapevo nemmeno che uscissero insieme. Skylar era a Breckenridge solo da poco tempo.

Da quanto tempo conosceva Jayden? Giorni? Settimane? Dubitavo che potessero essere mesi.

"Passerò dal tuo ufficio tra un'ora. Non dovremmo uscire da qui nello stesso momento", disse Jayden.

Non era mai stato particolarmente paranoico.

"Pensi che qualcuno ti stia osservando?".

"Ne sono certo."

Guidai fino all'ufficio e attesi che Jayden si presentasse. Era domenica, quindi i ragazzi erano liberi e io avevo il posto tutto per me.

Non ero sicuro che Jayden sarebbe passato come promesso, ma il rumore di una porta che sbatteva fuori mi riportò al presente.

Jayden non si limitò a bussare, ma entrò direttamente dalla porta principale. "Non abbiamo molto tempo prima che si rendano conto che ho spento il telefono e il localizzatore GPS del mio veicolo".

"Chi ti sta seguendo?"

"Non è importante", disse Jayden. "Skylar è nei guai".

Un nodo si formò nella bocca dello stomaco. Non era quel che mi aspettavo di sentire.

Pensavo fossimo venuti in ufficio per discutere del fatto che lui usciva con mia sorella e avesse intenzione di sposarla.

"Cosa vuol dire che è nei guai?" Avevo bisogno di approfondire. Eravamo solo noi due. Nessuno poteva sentirci come al bar. "Spiegati, ora!", scattai. Stava mettendo duramente alla prova la mia pazienza.

"E' con Angelo DeLuca".

"Chi diavolo è?", chiesi. "E perché diavolo sta con lui?". Tirai fuori il telefono dalla tasca.

Quel nome avrebbe dovuto dirmi qualcosa, e perché non l'avevo riconosciuto?

"Non puoi chiamarla. Non ha il telefono con sé. L'ha lasciato a casa mia".

Jayden esalò un respiro pesante, si passò una mano tra i capelli e si diresse con i piedi verso la scrivania.

Sembrava nervoso da morire, mentre mi porgeva il suo cellulare.

"Merda". Non sarebbe andata da nessuna parte senza il suo stupido cellulare. Era legata a quel coso come fosse un altro arto. "Che significa che è con Angelo DeLuca? Chi diavolo è?"

"DeLuca è un boss della mafia rivale di Don Ricci. Hanno fatto affari insieme, ma Enzo crede che DeLuca lo stia derubando".

"Cosa c'entra tutto questo con la mia sorellina?" Skylar lavorava in un caffè. Non aveva rapporti con la mafia.

"Don Ricci ha mandato Skylar come talpa per scoprire cosa stia succedendo".

"Cosa? Ma sei matto? Sarà meglio che tu stia scherzando".

Mi avvicinai, chiudendo la distanza tra di noi.

Ero pronto a pestare a sangue Jayden.

In che diavolo di guai l'aveva coinvolta?

Jayden non sarà stato il ragazzo più onesto e trasparente, ma non mi sembrava per niente giusto che trascinasse la mia sorellina proprio nelle mani del nemico.

CAPITOLO DODICI

Jayden

Non volevo coinvolgere Jaxson. Era la più grande spina nel fianco che esistesse. La verità era che non l'avevo perdonato per avermi preso a calci in culo al Blue-Sky Resort quando ero con i NoTech e avevo preso degli ostaggi.

Non ero d'accordo con il piano, ma i NoTech avevano pianificato di andare con o senza di me. Almeno avrei potuto assicurarmi che nessuno ci rimanesse secco. Inoltre, dovevo tenere Emma fuori dai guai. Non servì a molto, alla fine.

"Dove diavolo è mia sorella?"

"Non lo so", dissi e aprendo le braccia in aria. "È quello che sto cercando di dirti. L'ha presa Angelo DeLuca".

"Dimmi tutto. Comincia dall'inizio", chiese Jaxson.

Ripercorsi rapidamente il mio piano e come Enzo fosse stato un passo avanti alla festa, rendendo Skylar l'attrazione principale. "Posso solo supporre che il tizio che ho assunto sotto di me abbia lavorato segretamente con Don DeLuca. Altrimenti, perché i dettagli della spedizione coinciderebbero sempre con questa precisione?".

"Chi è il tuo socio? Come si chiama?" Jaxson si strofinò la fronte. Sembrava incazzato nero.

Non che lo biasimassi. Avevo rovinato tutto.

"Benjamin qualcosa. Non ho capito il suo cognome". Non l'aveva detto, e io non lo stavo chiedendo.

Il colore lasciò la faccia di Jaxson. "Hai i suoi recapiti o sai come possiamo contattarlo?"

Non rispondeva al telefono. "Non risponde alle chiamate o ai messaggi". Non che mi aspettassi che mi rispondesse. Ero ai ferri corti, e c'era da meravigliarsi che non mi avessero lasciato morto in un fosso da qualche parte.

"Da quanto tempo Skylar è irreperibile?", chiese Jaxson.

"Settantadue ore."

CAPITOLO TREDICI

ARIELLA

Harper vagava per il centro commerciale. Teneva una mano appoggiata sulla panciona da gravidanza, cercando di restare al passo con noi. "Devo fare di nuovo pipì", annunciò.

Harper si diresse verso il bagno.

Hazel, Izzie e io ci sedemmo su una panchina vicina.

"Dici che abbiamo già comprato uno di ogni cosa?"domandai ad Hazel, tenendo in mano le sei borse di vestiti premaman e per bambini di Harper.

Hazel fece cadere le borse che aveva in mano ai suoi piedi, sul pavimento.

"No, penso che possa ancora comprare un'altra barca di tutine e coperte. Credi che Lincoln si arrabbierà quando vedrà il conto?".

Ne dubitavo. Harper aveva una lucrosa carriera cinematografica, prima di abbandonarla per Lincoln e la maternità. "Potrebbe dare di matto quando vedrà quanta roba richiede un bambino, ma non è che sia una cosa improvvisa, alla fine. Voglio dire, hanno comprato una culla il mese scorso e i ragazzi lo hanno aiutato a montarla", ho detto.

A parte questo, era comunque una sorpresa. Harper non si aspettava di rimanere incinta, e pur essendo lei e Lincoln entusiasti di accogliere un bambino nel giro di poche settimane, non era stato pianificato.

"Posso fare un giro sul razzo?" Izzie indicò la macchina nascosta in un angolo del centro commerciale.

Scavai nella mia tasca per vedere se avevo qualche quarto di dollaro da inserire nella macchina. "Certo. Puoi guardare le borse?" Non mi aspettavo che Hazel le abbandonasse e sparisse, ma pensai comunque di chiedere educatamente.

"Sì, vai. Divertitevi!"

Ci salutò e Izzie partì verso il razzo.

Mi affrettai a seguire Izzie. Lei era già salita sul sedile e aspettava che io alimentassi il dispositivo.

Ci feci cadere dentro diversi quarti di dollaro e lo guardai mentre prendeva vita.

Il razzo si accese ed emise diversi suoni prima di rimbalzare selvaggiamente, guadagnandosi una serie di risatine da parte di Izzie.

Era facile intrattenerla oggi.

Harper percorse il corridoio dal bagno e si incontrò con Hazel vicino alla panchina. Salutò Izzie e me prima di sedersi accanto ad Hazel.

Le due ragazze chiacchieravano animatamente, ridendo e spettegolando su chissà cosa.

Riportai la mia attenzione su Izzie, solo per accorgermi che era sparita.

Il razzo finì di sobbalzare, e mi misi a curiosare dall'altra parte, sollevata quando la colsi mentre cercava di salire su una moto. "Ancora! Altri quarti di dollaro?", chiese Izzie.

Quella bambina stava per farmi venire un infarto!

Lasciai cadere qualche spicciolo nella moto. Il motore emise un fastidioso brontolio e i fari lampeggiarono in una moltitudine di colori.

Diedi un'occhiata al razzo per vedere Hazel e Harper ancora assorte nella loro conversazione.

"Questo è l'ultimo giro", dissi a Izzie. "Ho finito le monetine".

Lei piagnucolò per protesta e mise il broncio, scontenta.

"Psst!"

Lancia un'occhiata alle mie spalle.

"Skylar?" Era da un po' che non parlavo con lei. Si era fidanzata in segreto e, a quanto pare, sembrava essere nei guai. I suoi capelli apparivano sporchi, la sua pelle coperta di polvere e sporcizia, così come i suoi vestiti.

"Ho bisogno che tu venga con me", disse Skylar. Guardò dietro di sé l'uscita laterale a pochi metri di distanza.

"Izzie, è ora di andare". Non potevo lasciarla sola. Dovevo chiamare Hazel e Harper e far loro sapere che stava succedendo qualcosa a Skylar. Tuttavia, non avevo idea di cosa diavolo fosse accaduto, al momento.

"No, uh, solo tu," disse Skylar.

"Non posso lasciarla. Cosa sta succedendo, Skylar?" chiesi, avvicinandomi.

"Per favore, è una questione di vita o di morte".

Scivolò fuori dalla mia portata e imboccò l'uscita laterale.

Cazzo.

Afferrai Izzie e la tenni sul fianco mentre correvo in direzione dell'uscita.

Spinsi la porta.

La luce del sole mi accecò momentaneamente.

"Mi dispiace", la voce di Skylar sussurrò da dietro.

Un furgone bianco si trovava parcheggiato appena fuori dalla porta. La porta d'emergenza si aprì, mi si bloccoò il respiro in gola alla vista di Benjamin Ryan, il mio ex-marito, dall'altro lato, con una pistola in pugno.

Mi girai immediatamente verso la porta d'emergenza, la mia unica via di fuga.

Era chiusa dall'interno.

"Sali, avanti," disse Ben, indicando con la pistola di seguire i suoi ordini.

Lentamente, misi a terra Izzie, piatnandole i piedi a terra.

"Corri!", le gridai, pregando che mi desse ascolto e corresse a cercare aiuto.

Non volevo restasse immischiata nei miei casini.

Che ci faceva Skylar con Ben? Da quando erano diventati amici=

Izzi si aggrappò a me, non volendo correre via per salvarsi.

Ben fece scattare via la sicura dalla pistola e la puntò contro la piccola testa castana della bambina.

"Sali, o muore."

CAPITOLO QUATTORDICI

Skylar

Scappare era sembrata una grande idea, fino a quando non esplose il colpo di pistola.

Non volevo morire.

Non quel giorno.

Scappare sembrava l'unica opzione rispetto allo sfruttamento. Perché Enzo aveva tradito me e Jayden?

Mi aveva consegnato al nemico senza pensarci due volte.

Le mie dita sfiorarono il nastro che Enzo aveva legato ai miei capelli. Era stato un gesto strano. Lo strattonai con forza, non volendo avere tracce di lui su di me.

Il vestito che indossavo, mi aveva dato lui anche quello.

Il mio stomaco sprofondò. Stavo per sentirmi male.

Non potevo spogliarmi. Non avevo altro da indossare.

Enzo aveva cercato intenzionalmente di marchiarmi?

Reclamarmi? Mostrarmi che gli appartenevo?

Nel retro del SUV, slegai i capelli, lasciando che le lunghe ciocche mi cadessero intorno al viso. Le forcine e i fermagli li gettai a terra.

All'interno del nastro rosso, c'era un più piccolo messaggio, destinato solo ai miei occhi.

Trova informazioni se vuoi sopravvivere. Ora lavori per noi.

Ero furiosa.

Jayden aveva partecipato al piano o era stata un'idea di Don Ricci? Jayden non ne aveva fatto parola, e sembrava piuttosto scosso quando era stato bloccato e io spinta davanti alla folla.

Se volevo sopravvivere, dovevo obbedire a ogni comando di Don DeLuca, almeno fino all'arrivo dei soccorsi.

Qualcuno sarebbe venuto a salvarmi?

Jayden non era il mio fidanzato, non proprio. Avevamo finto di essere fidanzati per sposarci, e la cosa era durata poco. Purtroppo, quella fu anche la più lunga delle mie vere relazioni.

Patetico, lo so.

Il piano di riserva di Jayden per farmi flirtare con Dante era stato inutile. Angelo DeLuca mi aveva trascinato fuori dalla casa di Enzo Ricci.

Il pugno di Angelo mi stringeva il collo, ricordandomi che se non avessi fatto quello che mi era stato detto, sarei stata fortunata ad essere solo uccisa.

Non potevo far vedere il nastro a nessuno. Me lo fissai di nuovo tra i capelli, assicurandomi di potermene liberare per bene successivamente.

Nessuno avrebbe dovuto trovarlo. Se lo avessero trovato, avrebbero pensato che fossi una spia.

————

Mi lasciarono sola, con una branda, in uno scantinato freddo e ammuffito.

C'erano altre ragazze. Le avevo viste quando ero stata portata nel seminterrato, passando davanti alle loro celle.

Ma non ero riuscita a parlare con nessuna di loro.

La prigione nello scantinato di DeLuca era abbastanza grande, e mi avevano portato in un'altra area, lontana dalle ragazze che invece erano state rinchiuse insieme.

Perché mi tenevano prigioniera?

Perché mi teneva nell'angolo più lontano della sua prigione?

Muri di cemento e pavimenti con sbarre di ferro battuto ci tenevano rinchiuse. Non c'era modo di scappare, non senza una chiave.

Ogni tanto sentivo l'eco di voci femminili, ma non riuscivo a sentire cosa dicessero. Era come se Angelo DeLuca sapesse perché gli ero stata affidata e mi impedisse di compiere la mia missione segreta.

Jayden sarebbe venuto per me?

E Enzo Ricci?

———

Dei passi pesanti rimbombarono sul pavimento.

Mi misi a sedere, aspettando di vedere chi stesse venendo nella mia direzione. Che fossero i soccorsi? Non avevo sentito spari o rumori di lotta.

Non sembrava plausibile che Enzo arrivasse e che Angelo mi consegnasse a lui.

"Bene, bene, bene", la voce di Angelo risuonò nella mia cella, mentre girava l'angolo. Era vestito con pantaloni e una camicia nera abbottonata. I suoi capelli neri sembravano unti, tenuti indietro con l'uso di fin troppo gel.

"Alzati!", ordinò.

Mi alzai, incrociai le braccia sul petto ed esitai, avvicinandomi gradualmente alla porta della cella.

Mi avrebbe lasciata andare? Non sembrava il tipo da lasciare la libertà a una ragazza.

Guardò fisso nella mia direzione, scrutando ogni centimetro di me. Mi stava spogliando mentalmente?

Avevo la gola secca, e mentre il mio corpo tremava, speravo che non notasse la mia paura. "Cosa vuoi da me?", chiesi.

"Tsk. Tsk." Angelo scosse la testa, in disapprovazione. "Io faccio le domande. Tu ascolterai".

Non ero fedele né a Enzo né ad Angelo. Tutto quello che mi interessava era la mia sopravvivenza.

Una seconda serie di passi proseguì più avanti nel corridoio.

"Sappiamo che sei la ragazza di uno dei soci di Enzo. Quello che non riesco a capire è perché Don Ricci ti abbia regalato a noi". Angelo sbloccò la porta della cella ed entrò, lasciando la porta socchiusa.

Potevo spingerlo via e tentare di scappare?

"Qualche idea?", chiese Angelo.

La seconda serie di passi si avvicinò e girò l'angolo. Non avevo riconosciuto l'uomo. Non so perché pensassi di poterlo fare.

Non era Jayden. Non c'erano molti altri che potessi conoscere, nei paraggi. Ero ancora nuova in città.

Angelo sapeva questo di me? Sapeva già la stessa storia che avevamo raccontato a Enzo sulla nostra finta relazione.

Angelo si avvicinò, al mio non rispondere.

Mi sentivo in trappola, con la schiena appoggiata contro il freddo muro di cemento che non mi lasciava scampo.

Lentamente, sollevò una mano. Il suo indice mi accarezzò la guancia. "Sei una bella ragazza. Potresti anche passare per onesta". Rise con un'oscurità che mi mandò un brivido lungo la schiena. "Puoi marcire in questa cella o venire a lavorare per Ben. Lui ha bisogno di un socio e io ho bisogno di altre ragazze".

Ben si mise in piedi sul lato opposto della cella, con le braccia incrociate sul petto.

"Sei sicuro di questo?" chiese ad Angelo.

"Se è stata mandata come talpa, la faremo lavorare per noi, e se non lo è, allora sarà in debito con me. Le sto dando un assaggio di libertà. Ha un prezzo, però", disse Angelo.

Il suo dito mi accarezzò la mascella prima di afferrarmi il mento e tirarmi con forza il viso, portando il mio sguardo nei suoi occhi freddi e senza vita.

Trattenni il respiro.

"Disobbedisci a uno dei miei uomini e ti pianteranno una pallottola in testa. Poi, daremo la caccia al tuo bel fidanzatino", disse Angelo.

Rilasciò la sua stretta sul mio viso, tirai un sospiro, pur non sentendomi sollevata, non ancora. Era tutt'altro che finita.

"Ti rivoglio qui entro mezzanotte con tre ragazze. Sarà meglio che siano giovani, fresche e piene di vita". Angelo lanciò a Ben un'occhiataccia.

C'era qualcosa di non detto tra loro.

L'aria sembrava tra loro sembrava essersi fatta pesante.

Si trattava di me?

"Andiamo", grugnì Ben e indicò il corridoio.

Senza dire una parola, uscii dalla cella e seguii Ben lungo lo stretto corridoio. Tenevo la testa bassa. Non volevo essere qui, e di sicuro non volevo farmi coinvolgere ulteriormente in questo casino.

Avevo bisogno di un piano, e ne avevo bisogno in fretta.

Rapire tre ragazze entro mezzanotte?

Se non fossi finita in prigione, sarei quantomeno finita all'inferno.

CAPITOLO QUINDICI

ARIELLA

Izzie si aggrappò a me. La tenni stretta, le sue braccia avvolte intorno al mio petto mentre salivo con riluttanza sul retro del furgone.

Potevo essere disposta a rischiare la mia vita, ma non a mettere in pericolo quella di Izzie.

Sapevo che aveva paura, ma avrei voluto che avesse fatto come le avevo chiesto e fosse scappata. Almeno avrebbe potuto salvarsi.

La porta sul retro, la stessa uscita da cui eravamo stati sbattuti fuori, si aprì cigolando.

Hazel e Harper uscirono fuori.

Merda.

Aprii la bocca per urlare, per avvertirle di tornare dentro e chiedere aiuto.

Ma era troppo tardi.

"Tu!" Gli occhi di Ben si strinsero e ringhiò contro le due. "Entrate!" abbaiò a entrambe, agitando la pistola contro la pancia incinta di Harper.

Harper alzò le mani. "Ok. Va bene, va bene. Non spararci!" Si diresse verso il furgone bianco. Uno sguardo di paura le attraversò il viso quando mi vide sul retro con Izzie in braccio.

Sapeva che Harper, Hazel e io eravamo amiche? Cosa voleva da loro?

Hazel esitò.

"Sali o sparo alla bambina". Ben agitò la pistola per poi puntarla su Izzie.

Hazel sbuffò sottovoce ma salì sul retro del furgone, venendosi a sedere accanto a me. Appoggiò una mano sulla mia gamba mentre ci sedevamo tutte rannicchiate sul pavimento.

Skylar salì con noi poco prima che Ben sbattesse la porta del furgone.

Un momento dopo, il motore si accese. Dove ci stava portando? Se cercava me, perché coinvolgere tutti gli altri?

"Che diavolo stavi pensando?" esplosi coontro Skylar mentre si sedeva sul pavimento di fronte a noi. Perché Skylar era amica di Ben?

"Non avevo scelta", disse Skylar, gli occhi chini sul pavimento di metallo del camion.

Harper ripose una mano sulla sua pancia incinta. "Non importa. Ora siamo in questa situazione. Cosa possiamo fare?"

Ben non poteva sentirci dal sedile anteriore mentre guidava.

Provai la maniglia della porta, pur senza aspettarmi si aprisse davvero. Anche se si fosse aperta, cosa avremmo fatto? Saremmo saltate fuori da un furgone in movimento? Avevamo una bambina e una donna incinta, non sembrava certo il piano migliore.

Tirai fuori il cellulare dalla tasca. Ben chiaramente non era esperto di rapimenti. Per fortuna, non aveva imparato molto dall'ultima volta che mi aveva rapita.

"Dove ci sta portando?", chiesi, fissando Skylar.

Lei sedeva con le gambe incrociate, rosicchiando il labbro inferiore.

Fantastico. Skylar non mi avrebbe aiutata.

Trovai il numero di Jaxson e provai a chiamarlo.

Squillò e scattò la segreteria.

Veramente? Cosa stava facendo di così importante? Anche se in effetti, non avrebbe potuto sapere che eravamo state gettate nel retro di un furgone.

"Jaxson, quella pazza di tua sorella ha fatto rapire noi quattro da Benjamin Ryan. Siamo nel retro del suo furgone bianco e, secondo il GPS, siamo diretti a nord-est. Non so per quanto tempo avremo i nostri telefoni. Per favore, chiamaci".

"Papà", disse Izzie, raggiungendo il mio telefono.

Riagganciai. "Mi dispiace, tesoro, papà non ha risposto". Misi il telefono in modalità silenziosa e lo infilai nei miei stivali alla moda.

Izzie tremò tra le mie braccia e si strinse ancora di più a me, tanto da rendermi difficile respirare.

Delicatamente, le accarezzai la schiena, cercando di alleviare le sue paure. La ragazza ne aveva già passate abbastanza nella sua breve vita.

Skylar fissò Izzie. "Mi dispiace. Non è mai stata una mia scelta essere qui". Il suo sguardo incontrò il mio. "So che pensi che Ben sia il mostro. Probabilmente pensi che lo sia anch'io, ma non ti sei nemmeno avvicinata a scoprire cosa *lui* sia capace di fare".

"Chi?", chiesi. Se non si riferiva a Ben, allora chi c'era dietro il nostro rapimento. Per chi lavorava Ben?

"Don DeLuca", sussurrò Skylar.

L'avevo sentita a malapena, e certamente non avevo riconosciuto il nome. Teneva lo sguardo lontano dai miei occhi.

Skylar si stropicciò nervosamente le mani prima di concentrarsi sulle sue unghie e scalfire lo smalto rosa chiaro.

"Questo nome dovrebbe significare qualcosa per me?", le chiesi. Guardai Hazel e Harper. Non che mi aspettassi che riconoscessero il nome, ma forse erano a conoscenza di qualcosa di cui non sapevo niente.

"Merda", sussurrò Harper.

"Cosa?"

Le lanciai un'occhiata. Che cosa sapeva?

"DeLuca lavora per Don Ricci", disse Harper. "Beh, lavora per è un termine forte. Dopo aver scoperto il passato di Enzo, ho fatto qualche ricerca".

"Scavando?" chiesi.

"Sì, ho assunto un investigatore privato per scoprire con chi fossi sposata e perché si fosse trovato a Las Vegas. Quando ho visto al telegiornale che Enzo era ricercato per una serie di reati, ho pensato che fosse l'unico boss della mafia".

"Boss della mafia?" Hazel sussurrò. "Se sanno che il mio cognome è Agron, mi uccideranno". Si tirò le ginocchia al petto, gli occhi spalancati. Potevo sentirla tremare accanto a me nel furgone.

Il fratello maggiore di Hazel era il capo della mafia russa a Chicago, ma era morto. Non avevamo tenuto il passo con chi era salito al potere, ma Hazel era probabilmente ancora un bersaglio della mafia russa. L'avevano lasciata in pace dopo che il suo promesso sposo, Franco Ivanov, era stato arrestato, ma questo non significava che non fossero in cerca di vendetta, se DeLuca aveva legami con Chicago.

"E' venuto fuori che Angelo DeLuca gestisce il giro del Nevada e del Sud-Ovest. Sono nemici, o almeno lo erano. Ma Lincoln ha tenuto d'occhio Enzo. Non crede che mi lascerà in pace".

Forse Lincoln aveva ragione, e Ben non aveva rapito noi quattro a causa mia. Questo, comunque, non mi faceva sentire minimamente meglio.

Poteva essere che Don DeLuca stesse cercando di attirare l'attenzione di Don Enzo con Harper? Pensava che il bambino fosse di Enzo?

"Cosa facciamo?", chiesi, passando lo sguardo da Harper a Skylar.

Skylar fissò di nuovo il pavimento. "Non posso aiutarvi. Don DeLuca si aspettava tre ragazze per mezzanotte. Non avevo scelta", sussurrò. La sua voce sembrava tesa, come se stesse lottando per trattenere le lacrime.

Non avevo mai visto Skylar piangere. Era stata lunatica e difficile, emotiva su una scala di stronzaggine. Ma piena di preoccupazione, quella non era una Skylar che mi era familiare vedere, mai.

Il veicolo si fermò bruscamente.

Il motore si spense.

Perché ci eravamo fermati?

Volevo prendere il mio telefono e dare un'occhiata al GPS per determinare la nostra posizione, ma la porta del furgone cigolò e sbatté.

Ben si stava muovendo.

Da un momento all'altro avrebbe aperto la porta del furgone e non potevo rischiare che scoprisse il mio telefono.

Ben diede uno scatto alla maniglia e fece scorrere la porta del furgone.

"Fuori!" pretese, agitando la pistola verso di noi.

"Voglio andare a casa" disse Izzie, stringendomi forte.

Era già tra le mie braccia, ma la sua stretta non sembrava sufficiente. "Lo so, piccolina". Anch'io volevo andare a casa.

Avrei messo a rischio la mia vita per proteggere Izzie. Era diventata mia figlia tanto quanto lo fosse di Jaxson.

CAPITOLO SEDICI

JAXSON

Come diavolo avevo potuto perdermi la sua chiamata?

Riascoltai il messaggio ancora e ancora. Potevo sentire la paura nella sua voce, anche se Ariella cercava di essere forte.

Erano andate al centro commerciale. Dovevano essere state rapite lì.

Incontrammo la sicurezza del centro commerciale, un gruppo di poliziotti 'noleggiati', che ci mostrarono i filmati di sorveglianza in bianco e nero del rapimento.

Skylar era con loro, e Ben aveva sicuramente una pistola, che aveva addirittura puntato verso la mia bambina.

Ero sul punto di ammazzarlo.

Mason e Lincoln si trovavano sui miei lati e guardavano il video. La vita delle loro ragazze era in pericolo, proprio come quella di mia figlia e di Ariella.

Mi richiese tutta la mia forza di volontà, l'impedirmi di pestare a sangue Jayden.

Era stato lui a causare questo casino.

"Chiama Declan", scandii gli ordini, "digli di iniziare a controllare la sorveglianza e i filmati di dove Ben potrebbe averli portati. Ariella ha detto che erano diretti a nord-est. Voglio che Aiden rintracci il suo telefono. Diavolo, rintraccia tutti i loro telefoni, vedi se qualcuno emette un segnale. Per chi cazzo sta lavorando Ben?"

"Se Skylar è con loro, so chi ha le ragazze. Sono con Angelo DeLuca", disse Jayden.

"DeLuca, il boss del crimine di Las Vegas? Che diavolo ci fa a Breckenridge?" Girai sui talloni, mettendomi faccia a faccia con Jayden, esigendo una risposta. Improvvisamente, il nome mi cominciò a riaccendermi qualche memoria.

Lincoln sovrastava Jayden. "Mi sono fatto la stessa domanda su Don DeLuca. Cosa ci fa in città? Avevo dei sospetti su di lui e su Enzo. Un uomo come DeLuca non si presenta solo per una bella vacanza in mezzo al nulla", disse Lincoln.

Lincoln aveva ragione.

DeLuca non stava tramando niente di buono.

"Pensi che sia una guerra per il territorio?", chiesi. Lincoln ne sapeva più di me sulla mafia.

Ero ben consapevole del suo progetto secondario di scavare nel fango su Enzo Ricci. Per quanto lo detestassi, non pensavo che il suo lavoro di investigazione privata fosse il motivo per cui le ragazze erano state rapite.

Ma non mi piacevano le coincidenze.

"No", Lincoln scosse la testa. "Ho saputo da una fonte affidabile che stanno facendo affari insieme".

Cazzo. Questa era una novità per me.

Non era già abbastanza grave che Enzo Ricci si fosse trasferito a Breckenridge, ora dovevamo occuparci anche di Angelo DeLuca?

"Che tipo di affari?"

Lanciai un'occhiata a Jayden. "Sai di cosa si tratta, vero?"

Era rimasto in silenzio per troppo tempo.

Ero pronto a sporcarmi le mani e a torturare quel bastardo se questo significava trovare mia figlia e riavere lei e le ragazze.

Jayden fece un passo indietro nei piccoli confini della stanza di sicurezza del centro commerciale.

Mi schiarii la gola. Gli agenti di sicurezza del centro commerciale non avevano bisogno di altre informazioni oltre a quelle che avevamo già fornito loro.

"Che ne dici di andare fuori?", dissi. Non era una domanda.

I ragazzi si diressero fuori dall'ufficio della sicurezza del centro commerciale e attraverso le doppie porte all'esterno.

"Ascoltate". Jayden alzò le braccia in segno di resa.

Probabilmente era preoccupato che l'avremmo pestato a sangue.

L'idea mi era certamente passata per la testa, ma per noi ci era molto più utile vivo e illeso.

"Non volevo che succedesse nulla di tutto questo. Lo sai che non mi farei mai coinvolgere nel fare del male a una donna incinta o a un bambino", disse Jayden con insistenza. "Voglio aiutare. Fammi parlare con Enzo e vedere se possiamo convincere DeLuca a consegnarci le ragazze e il bambino".

Il cipiglio di Mason non aveva abbandonato il suo volto. "Pensi davvero che mettere Enzo in mezzo a tutto questo possa aiutare qualcuno? Non abbiamo bisogno di indebitarci con un mafioso. Ce ne occuperemo in stile Eagle Tactical", disse Mason.

"Se intendi dire che entriamo a pistole spianate e facciamo saltare in aria il complesso di DeLuca, mi chiamo dentro immediatamente" disse Lincoln.

Non avevo obiezioni. Dovevamo agire in fretta.

Mi diressi fuori, verso il furgone, con i ragazzi che mi seguivano a ruota. Le nostre armi e l'attrezzatura tattica erano tutte nell'ufficio della Eagle Tactical.

Inoltre, avevamo bisogno di progetti o di qualche tipo di schema per non andare alla cieca.

Ci sarebbe voluto del tempo per escogitare un piano infallibile, una risorsa che non avevamo, considerando quello che stavamo affrontando.

Tornammo a tutta velocità all'ufficio dove Declan e Aiden erano impegnati a fare ricerche, cercando di rintracciare i telefoni delle ragazze e ottenendo l'accesso ai filmati di sicurezza all'interno del complesso di DeLuca.

Lucy, la receptionist, balzò in piedi non appena entrammo. "Mi dispiace tanto. Ho appena saputo cos'è successo", disse, seguendoci lungo il corridoio. "Se c'è qualcosa che posso fare per aiutare... So quanto sua figlia sia importante per lei, signore".

Esalai un respiro pesante. Non era scomparsa solo Izzie, anche se era in cima ai miei pensieri.

Anche Ariella era stata presa, e date le sue condizioni di salute, non ero troppo entusiasta che fosse trattenuta da un mafioso. Non che fossi felice che qualcuna delle ragazze fosse stata rapita sotto la minaccia di una pistola.

"Lo apprezzo molto, Lucy", dissi.

Riconoscevo che voleva aiutarci. Era ila ragione per cui non era nascosta dietro la sua scrivania e stava assumendo un ruolo attivo in quello che facevamo per vivere.

Ma non potevo coinvolgerla o mettere in pericolo la sua vita. Non era un ex militare. Lucy non aveva un addestramento tattico. Era brava a rispondere al telefono, a prendere appuntamenti e a tenere l'ufficio rifornito.

Probabilmente sembravo un idiota ingrato. Certo, ero grato per l'offerta di aiuto di Lucy, ma non avevo intenzione di rischiare la sua vita per salvare le ragazze.

In tutta onestà, non c'era niente che lei potesse fare.

"Ragazzi", la voce di Aiden attraversò il corridoio.

Mi affrettai a passo svelto verso il suo ufficio e feci capolino all'interno. "Hai qualcosa?" Speravo non ci stesse solo salutando.

Il mio cuore era come un martello pneumatico che batteva contro il pavimento squarciato. Mi sentivo al limite, pronto a urlare e a scatenare una furia che non sapevo di possedere fino a quel giorno.

La mia bambina era in pericolo.

Ariella era in pericolo.

Le due persone al mondo che contavano di più per me potevano morire oggi stesso.

Non era un pensiero che potevo gestire o una realtà con cui ero pronto a vivere.

"Ho ricevuto un *ping* da uno dei telefoni, quello di Ariella", disse Aiden. "È stato breve ed è durato solo un secondo, ma abbiamo ristretto la zona".

Declan portò il suo portatile in ufficio e ci raggiunse, insieme a Mason e Lincoln.

"Jayden è convinto che siano tenuti nel complesso di Angelo DeLuca", dissi. Lo aggiornai su ciò che lui e Declan si erano persi.

Jayden se ne stava nel corridoio, con le braccia conserte. Sembrava pentito ma a disagio. Probabilmente perché eravamo pronti ad appenderlo per le palle se fosse successo qualcosa alle ragazze che erano state rapite.

"Dovresti vedere questo", disse Declan. Si era inserito nei filmati di sorveglianza della residenza di DeLuca, che era anche la posizione del suo complesso.

Toccò lo schermo e fece uno zoom, ripulendo alcuni dei filmati di sorveglianza.

Una bambina si arrampicava da sola sulle scale di legno. "Quella è Izzie!"

Era riuscita a scappare dagli uomini?

Perché stava correndo di sopra e non fuori dalla porta?

"Dobbiamo muoverci, ora!" Non potevo stare a guardare e assistere a qualcosa di orribile che accadeva a mia figlia.

Uscii dalla stanza e mi diressi verso la porta. "Chiamami appena hai qualcosa di concreto!"

Jayden mi seguì. "Vengo con te. Ho messo io le vostre famiglie in questo casino. Le tirerò fuori io".

Gli lanciai un'occhiata. Non sapevo cosa avesse in mente, ma probabilmente avremmo avuto bisogno di un diversivo. Per quel che mi importava, Jayden poteva essere l'esca.

CAPITOLO DICIASSETTE

Skylar

Non avevo un vero piano, non quando Don DeLuca mi chiese di aiutare il suo socio a rapire tre ragazze entro mezzanotte.

Scappare avrebbe potuto essere l'opzione migliore, ma non ero il tipo di persona che si arrende e scappa. Del resto, non c'erano posti in cui avrei potuto rifugiarmi, senza finire uccisa e lasciata in mezzo alla foresta.

Ben aveva insistito per fare il rapimento al centro commerciale.

Era un idiota.

Non potevo credere volesse rapire tre ragazze proprio sotto gli occhi delle telecamere. Stava cercando di farci scoprire? Forse sperava che venissi sbattuta in prigione per poi andarsene, lasciandomi nella merda.

Non mi aspettavo niente da lui.

Non eravamo amici.

Non mi piaceva nemmeno, quel bastardo.

Jayden sarebbe venuto per me? Dubitavo di poterlo incontrare per caso. Sarebbe stata una coincidenza troppp grande e non avevo nemmeno il mio cellulare con me che lui potesse rintracciare.

Avevo fatto come da istruzioni, entrai di nascosto nel centro commerciale e, vedendo Ariella, avevo sperato di poterla coinvolgere, anche solo per il suo aiuto.

Avendo vissuto con lei e Jaxson negli ultimi mesi, conoscevo il segreto che custodiva. Ariella una volta era stata un'agente della CIA. Beh, quantomeno ero certa avesse lavorato per la C.I.A.

Non sapevo esattamente cosa facesse, ma sicuramente era qualcuno che poteva essere addestrato per tirarci fuori da questo casino, era addestrato e poteva tirarci fuori da questo casino; Ariella era intelligente, astuta e aveva affrontato abbastanza situazioni con ostaggi che la rendevano di certo preparata.

Giusto?

Caspita se mi sbagliavo.

Cazzo.

Non riuscivo ancora a superare il fatto che Izzie fosse venuta a cercarci.

Non fraintendetemi. Odio i bambini. Ho intenzione di non averne mai, ma lei è mia nipote, e per quanto sia una mocciosa, è anche mia parente.

Perché non ha ascoltato Ariella quando le ha detto di scappare?

Avrei dovuto fare qualcosa.

Avrei potuto lottare contro Ben, aiutarla a scappare e favorire così anche la mia fuga.

Ma ero stata sciocca ed egoista. La verità era che avevo paura che Ben uccidesse me, o peggio, la bambina stessa, a cui aveva puntato la pistola.

E così avevo fatto quello che mi era stato detto, ero salito obbediente come una pecorella sul furgone e avevo pregato che un giorno Ariella e Jaxson avrebbero trovato nel cuore la forza di perdonarmi.

Oggi, non sarebbe stato quel giorno.

"Uscite!", Ben ci gridò, agitando la sua pistola.

Questa volta non era solo.

Aveva parcheggiato il furgone all'ingresso posteriore del complesso, e gli uomini di DeLuca avevano in mano le loro pistole, ricordandoci di obbedire ai loro comandi.

Nessuna voleva uscire per prima dal furgone, tanto meno io.

Le ragazze non si mossero, ed ero stata lì abbastanza a lungo da sapere che se non avessimo seguito le loro istruzioni, ci sarebbero state delle conseguenze.

Con uno sbuffo, scesi per prima dal furgone e, senza nemmeno guardare, potei sentire il trambusto dietro di me mentre le altre ragazze mi seguivano.

"Seguitemi", disse Ben e ci condusse attraverso la porta di metallo e giù per le scale verso il seminterrato. "Tu no. Tu rimani qui", ordinò a Skylar.

"Dove la state portando?", chiese Ariella.

Davvero le importava ancora di me dopo quello che avevo fatto?

Il suo sguardo verso di me fu breve, mentre stringeva Izzie al petto, tenendo la bambina tra le braccia. Forse me lo ero immaginato, ma non sembrava arrabbiata come mi sarei aspettata.

Si trattava di delusione? Magari solo tristezza.

O semplicemente, non volevo vedere che mi odiava. Quella era una possibilità altrettanto reale.

"Questo non ti riguarda", disse Ben.

"Di chi è la bambina? Non siamo stati lontani abbastanza a lungo perché sia tua" disse Ben.

Raggiunse Izzie, strappandola dalla presa di Ariella.

"No!" Ariella spostò il suo corpo, proteggendo mia nipote dalle sue mani che cercavano di afferrarla.

"Cosa vuoi da lei?", chiesi. "È solo una bambina".

Non sapevo cosa Ben avesse intenzione di fare con le ragazze, ma sospettavo non fosse nulla di buono. Avevo visto il gruppetto di donne nel seminterrato, e da quello che avevo capito in precedenza da Jayden, venivano trafficate e vendute.

"Bene. La vuoi tu. È una tua responsabilità", disse Ben, spingendo Izzie tra le mie braccia.

Merda.

Cosa ne sapevo io di bambini?

Gli occhi di Izzie si riempirono di lacrime e il suo labbro inferiore tremò prima che la diga si rompesse. "Voglio il mio papà!", gridò Izzie, contorcendosi tra le mie braccia.

Non voleva che la tenessi in braccio, non che la biasimassi. Non eravamo migliore amiche. Probabilmente, sapeva che non mi piaceva, e ovviamente stava facendo capire di non voler nemmeno essere bloccata con me.

"Andrà tutto bene," disse Ariella, massaggiando delicatamente la schiena di Izzie. "Skylar non lascerà che ti accada nulla. Non è vero?"

Lo sguardo che mi lanciò mandò un brivido lungo la schiena.

"Sì, è vero. Sei al sicuro con me" dissi, tenendo Izzie sul fianco.

Volevo metterla giù. Non ero abituata a tenere un bambino, figuriamoci trenta o forse quaranta chili che mi si erano attaccati al collo e ai fianchi.

La bambina non aveva alcuna intenzione di allentare la sua presa su di me.

"La proteggerai, a tutti i costi" disse Ariella e si avvicinò al mio orecchio. "O che Dio mi aiuti, ti darò la caccia fino a quando non patirai tutta l'ira di Jaxson".

Ariella aveva ragione. Temevo mio fratello maggiore molto più di quanto temessi lei.

CAPITOLO DICIOTTO

ARIELLA

Jaxson mi avrebbe ammazzata.

Quel verme schifoso mi aveva strappato Izzie dalle braccia e l'aveva consegnata a Skylar.

La sorella di Jaxson non sembrava minimamente contenta di doversi occupare della bambina.

Ben condusse Skylar lontano da noi, sù per un'altra serie di scale e fuori dalla vista.

"Mamma!", Izzie urlò.

Stava chiamando...me?

Odiavo che Ben fosse lassù con Izzie e Skylar. Fosse stato chiunque altro, avrei avuto paura, ma mai così tanta. Sapevo di cosa fosse capace Ben.

Era un mostro.

Ben mi aveva rapita, minacciata, tenuta prigioniera e mi avrebbe uccisa, se ne avesse avuto la possibilità.

Il mio cuore faceva male e il mio stomaco sprofondava.

Avrebbe fatto del male a Izzie per vendicarsi di quello che avevo fatto tanti anni prima?

Potevo non essere la madre biologica di Izzie, ma ero l'unica madre che Izzie aveva conosciuto. Emma, la sua madre biologica, era fuori dai giochi, in prigione. Non aveva voluto sua figlia e inizialmente, aveva intenzione di darla in adozione.

"Muoviti!" ordinò un uomo che non riconobbi. Aveva sopracciglia folte e cespugliose e capelli corti e ricci.

Condusse Hazel, Harper e me giù per una serie di scale, con una pistola puntata verso di noi per ricordarci che era lui al comando.

"Sbrigatevi!", comandò l'uomo mentre scendevamo nella penombra del seminterrato.

Una fila dopo l'altra di celle fiancheggiava il complesso sotterraneo. Sulla destra, diverse donne erano chiuse in una delle celle.

Sbloccò la seconda cella e la porta di ferro si aprì cigolando, mentre la spingeva verso l'esterno.

"Entrate", disse, gesticolando con la pistola affinché facessimo come ci aveva detto.

Diedi un'occhiata alle spalle di Hazel e Harper, sul retro. Dietro di loro c'erano due guardie armate con armi semiautomatiche.

Erano in troppi, e Harper era incinta. Non potevo combatterle senza rischiare troppo.

Esitai, prima di fare quello che mi era stato detto. Entrai nella cella della prigione. Hazel mi seguì a pochi passi di distanza.

"Per favore, signore", disse Harper, una mano sulla sua pancia enorme. Non c'era modo di nascondere il fatto che fosse incinta a questi uomini.

Si fermò all'ingresso della nostra cella, senza ancora fare un passo dentro.

"Muoviti!" gridò e spinse Harper dentro, oltre le sbarre di ferro.

Lei inciampò nei suoi piedi gonfi, rischiando di cadere in avanti.

Mi precipitai in avanti e allungai la mano per afferrare Harper e impedirle di cadere a terra. Dovevamo uscire indenni da questa situazione.

L'uomo bloccava l'uscita, ma non aveva ancora chiuso le porte di metallo, chiudendoci dentro.

"Datemi i vostri telefoni".

Hazel e Harper scavarono lentamente nelle loro tasche, recuperando i loro dispositivi.

Io non mi mossi dal punto in cui ero sul pavimento di cemento. "Il mio è caduto quando ci hanno prelevato", dissi, facendo del mio meglio per mentire. Mi rifiutai di indietreggiare, i miei occhi fissi nei suoi.

Se mi fossi anche solo mossa di un millimetro, avrebbe potuto vedere attraverso la mia menzogna.

I suoi occhi si restrinsero, percorrendo attentamente il mio corpo.

"Non ti credo. Spogliati".

"Lo giuro, non ho il mio telefono".

Alzai le mani in segno di resa. "Puoi perquisirmi", dissi. Speravo bastasse.

Non volevo spogliarmi, tanto meno per lui.

Per fortuna, Skylar era già stata portata via, altrimenti avrebbe potuto rivelare la posizione del mio cellulare.

Era l'ultima persona di cui mi fidavo, beh, lei e ovviamente, Ben.

Stavano lavorando insieme o lei si era fatta coinvolgere inavvertitamente? Non la tenevano in prigione con noi, ad ogni modo.

L'uomo con le sopracciglia folte fece un passo verso di me.

Il suo alito sapeva di caffè stantio e puzzava di fumo di sigaretta, vecchio di un giorno. "Braccia in fuori", ordinò.

Tesi le braccia, mentre lui mi accarezzava un po' troppo intimamente. Con una mano, le sue dita mi accarezzarono i seni, prima di infilare la mano nella cintura dei miei jeans.

"Per favore, basta". La voce mi si bloccò in gola.

La bile mi salì alle labbra. Ingoiai il liquido bruciante e chiusi gli occhi.

Lui sollevò la mano con la pistola, appoggiando la canna contro la mia fronte. "Sono io a dare gli ordini. Non dimenticarlo mai".

Le sue dita sfiorarono le mie mutandine.

La mia pancia si flesse, il corpo intero tremò.

Tirò fuori la mano dai miei pantaloni.

"Girati."

Che fosse finita?

La sua mano fece la stessa danza sulle mie natiche, dentro la cintura dei miei jeans, prima di ritirarla e abbassare la pistola.

Un momento dopo, si avvicinò alla porta, uscì e chiuse le sbarre di ferro. Il metallo cigolò mentre chiudeva la serratura.

Quando se ne andò, fuori dalla vista, crollai sul freddo pavimento di cemento.

Non sentivo freddo.

Il mio corpo era intorpidito dall'interno, e i tremori si impadronivano di ogni grammo della mia esistenza. Mi sedetti con le gambe tirate fino al petto, tremando in modo incontrollabile.

Hazel si chinò e mi appoggiò una mano sulla schiena.

"Troveremo una soluzione", disse, la sua voce morbida e confortante.

Annuii solennemente e guardai verso il corridoio. Non c'erano guardie in attesa. Forse perché essendo dietro le sbarre, non ci consideravano più una minaccia.

Con una rapida occhiata intorno nella stanza, non riconobbi alcuna attrezzatura di sorveglianza. Non c'erano segni di telecamere e dispositivi di registrazione, anche se non ero sicura se ci stessero ascoltando o meno.

Avrei dovuto fare attenzione.

Lentamente, estrassi il mio cellulare dal mio stivale.

Sollevai il dito sulle labbra, avvertendo le altre ragazze nella cella accanto di non dire nulla, mentre ci guardavano con un'intensità feroce.

Ci avrebbero tradite?

Eravamo tutte sulla stessa barca, giusto? A meno che una di loro non fosse stata come Skylar, assoldata dalla mafia per rapire le donne.

Era quello che era successo con Skylar, o avevo sbagliato tutto? Aveva importanza? Ci aveva condotto nelle mani della mafia. E a quale scopo?

Recuperai il cellulare dallo stivale e diedi un'occhiata al segnale.

Non c'era campo.

Questo era strano.

In quasi ogni posto in cui ero stata a Breckenridge vi era campo. Anche se il segnale poteva non essere forte in montagna, c'erano molti ripetitori.

Probabilmente stavano bloccando il segnale. Ma se solo fossi potuta uscire con il mio telefono, allora avrei potuto chiamare Jaxson e permettergli di rintracciarmi.

Era un'aspettativa irrealistica.

Perché mai avrebbero dovuto farmi uscire?

E se anche ci fossi riuscita, sicuramente sarei corsa via lontana e rapidamente. Non avevo intenzione di rimanere nei paraggi per fare una telefonata.

La speranza, era che Jaxson fosse stato in grado di localizzare il segnale prima che fossimo gettati nel complesso.

"Niente", dissi e rimisi il telefono nel mio nascondiglio. Visto che mi avevano già perquisita, speravo non avrebbero cercato di nuovo il mio cellulare.

———

Degli spari esplosero in lontananza.

Erano Jaxson e la squadra che venivano a salvarci?

Le luci tremolarono nel seminterrato, e noi tre ci sedemmo rannicchiate insieme sul pavimento.

"Spostiamo le ragazze, ora!"

La voce di Ben rieccheggiò mentre si affrettava a scendere le scale del seminterrato.

Dietro di lui, una mezza dozzina di uomini armati ci spinsero fuori dalle celle della prigione per seguirli fuori.

Hazel e io ci alzammo rapidamente e aiutammo Harper a mettersi in piedi.

"Lei rimane", disse l'uomo con le sopracciglia folte, indicando Harper.

"Sei sicuro?", chiese Ben all'altro uomo. "Potremmo prendere il doppio per lei".

"Questi tizi non vogliono bambini, Vogliono il sesso. Farò alcune chiamate per vedere se riesco a trovare qualche acquirente tramite altri canali rispetto ai soliti."

"No," dissi, mettendomi davanti ad Harper.

La stavo aiutando o stavo rendendo le cose peggiori, nel cercare di lasciarla indietro con quei mostri?

Volevo proteggere Harper, ma sentivo la canna della pistola di Ben premuta sulla mia testa. Udii il *click* della sicura saltare.

"Non tentarmi, dolcezza," disse, il suo alito sfiorò il mio orecchio al suo sporgersi verso di me, afferrandomi un braccio.

CAPITOLO DICIANNOVE

Jayden

Avevo giurato a me stesso che non avrei mai lavorato con i ragazzi della Eagle Tactical.

Perché?

Perché gli dovevo già la vita.

Avevamo servito insieme nell'esercito. Jaxson mi aveva tirato fuori da dietro le linee nemiche, quando venni colpito e mi trovavo in punto di morte, dissanguato.

Sarei dovuto morire.

Avrebbe dovuto lasciarmi morire.

Ringraziarlo sembrava inadeguato dopo che aveva rischiato la vita, con i proiettili che gli volavano addosso. Era stato sconsiderato ma altruista.

Non me lo meritavo.

Si era messo in gioco. Sarebbe potuto morire e io gli ero in debito.

Cosa feci quando tornammo a casa?

Mantenni le distanze.

Forse dovevo a Jaxson la mia vita, ma non avevo intenzione di rischiare la sua, non quando la vita di mia nipote era in pericolo. Aveva già fatto per me più di quanto meritassi. Non potevo coinvolgerlo. Era il mio fardello questo, non il suo..

Aveva una bambina, sua figlia, a casa. Non era un segreto che fosse un padre single.

Non volevo rischiare che sua figlia non crescesse con un padre, sola al mondo.

E così, ogni volta che mi offrì un lavoro con la Eagle Tactical, rifiutai. Non era per orgoglio. Anche se probabilmente pensava che fosse quello il motivo. Fu quel che scelsi di fargli credere per poterlo proteggere.

Perché, in fondo, era ancora mio fratello.

La famiglia si proteggeva a vicenda.

E ora avevo fatto a pezzi la sua famiglia.

Percorsi l'ultima distanza che mi separava dall'ingresso e premetti il campanello del cancello in ferro battuto che proteggeva la proprietà di Don DeLuca.

Era l'ultimo posto in cui avrei voluto essere, ma Don Ricci si era assicurato che avessi quel che mi spettava.

Il tradimento aveva un sapore amaro.

Mi morsi la lingua, trattenendo ogni emozione che potesse rivelare il mio conflitto interiore. Lo stavo facendo per salvare Skylar.

E dovevo a Jaxson la mia vita.

"Siamo pari", dissi a bassa voce nel microfono che indossavo in segreto. Dopo questo, non dovevo più nulla né a Jaxson né a nessuno dei miei fratelli.

"Lo vedremo. Testa bassa, fai silenzio. Smettila di attirare l'attenzione su di te", disse Jaxson.

Aveva ragione.

Dovevo giocare con attenzione. Parlare con me stesso, o meglio con Jaxson, mi avrebbe fatto uccidere.

Non volevo morire. Sicuramente non oggi.

Mi avvicinai al cancello e premetti il campanello. Dall'alto, potevo vedere una guardia, con la pistola puntata dalla torre, pronta a sparare.

Sperai che Don DeLuca non avesse sparato prima e fatto domande dopo.

"Sì?" Una pesante voce maschile rispose al citofono. "Posso aiutarla?"

"Mi chiamo Jayden Scott. Vorrei parlare con il suo capo, Angelo DeLuca", dissi.

"Don DeLuca non accetta ospiti", rispose la voce dall'altra parte del citofono.

"Ho delle informazioni per lui su Enzo Ricci". Non mi dilungai oltre.

La serratura del cancello scattò e la recinzione di ferro si separò, permettendomi di entrare.

Feci un passo avanti e camminai per tutto il vialetto verso il complesso di DeLuca.

Ci volle ogni grammo di forza per non dare un'occhiata alla mia sinistra e alla mia destra, da cui, in lontananza, Jaxson e la sua squadra si stavano intrufolando nell'edificio.

Bang!

Mi abbassai, sentendo un proiettile sfrecciare vicino alla mia testa.

Ma che diavolo? Chi mi stava sparando? La Eagle Tactical o gli uomini di DeLuca?

Il suono degli spari esplose intorno a me.

"Sono sotto fuoco pesante", la voce di Mason mi riempì l'auricolare.

"Subito", rispose Jaxson, cambiando posizione. Lo guardai mentre attraversava il cortile vicino alle siepi attaccate al cancello in ferro battuto.

Esplose diversi colpi, facendo fuori il tizio che aveva sparato a Mason.

I colpi di pistola venivano esplosi da tutte le parti. Nella mia posizione attuale, ero un bersaglio gigantesco senza alcun posto per coprirmi.

Mi precipitai verso l'entrata principale, estraendo la pistola dalla fondina al fianco.

"Sto entrando", annunciai alla squadra.

"No, passerò dall'ingresso ovest", disse Lincoln mentre scalava l'edificio e saliva sul balcone. "Si aspetteranno che entriamo dalla porta principale".

Avevamo ripassato il piano, con Lincoln che si infilava nell'edera sul lato della proprietà. Io sarei dovuto entrare dalla porta principale, invitato.

A quanto pareva, il piano era saltato.

"Jayden, la tua copertura è saltata. Resta fuori con Mason. Io entro con Lincoln per trovare e recuperare le ragazze", disse Jaxson.

Mantenni la mia posizione, sparando agli uomini di DeLuca che si dirigevano verso la porta principale. Non li avrei lasciati uscire.

Gli spari scoppiarono in ogni posizione intorno a noi.

Dall'interno, provenivano altre esplosioni di armi da fuoco.

Che diavolo stava succedendo lì dentro?

CAPITOLO VENTI

ARIELLA

Ben mi spinse in avanti, fuori dalla cella, in fila dietro alle altre ragazze che erano nella cella accanto a noi.

Non avevamo parlato granché con loro.

Il suono degli spari diventava sempre più forte e più vicino.

Era Jaxson?

I ragazzi della Eagle Tactical erano venuti a salvarci?

Volevo restare, combattere, vedere se avremmo potuto temporeggiare e aiutare il nostro salvataggio, ma con la pistola premuta contro la mia pelle e il fatto che Ben fosse uno dal grilletto facile, non mi lasciava scelta.

Ci fecero marciare su per la tromba delle scale sul retro, la stessa strada da cui eravamo entrate. Accompagnate fuori, guardai Hazel e sperai che avesse avuto la mia stessa idea.

Era il momento di combattere.

Tirai il gomito a Ben, sferrando un colpo al suo stomaco e poi al suo viso, sentendo il suo naso rompersi sotto il mio pugno.

Le altre ragazze sussultarono e rimasero immobili.

Non lottarono.

Non corsero.

Rimasero lì, tremanti per la paura.

Non potevo contare sul loro aiuto.

Dov'era Jaxson?

Gli spari esplosero sul lato opposto del complesso. Diversi altri spari provenivano all'interno.

Harper stava bene? E Izzie?

Ben mi afferrò per i capelli e mi trascinò per il resto della distanza fino al furgone. Mi gettò dentro, e le altre ragazze mi seguirono in silenzio.

"Muoviti!"

Hazel salì per ultima. Il suo labbro inferiore tremava mentre si sedette accanto a me, rannicchiandosi.

Ben sbatté la porta del furgone e il motore si accese. Il veicolo sobbalzò in avanti, portandoci via, lontano dal complesso.

Dove diavolo ci stavano portando?

CAPITOLO VENTUNO

JAXSON

Mi arrampicai sul traliccio di edera, a lato del complesso.

Dovevamo muoverci in fretta.

Lincoln era già di sopra, a sorvegliare il posto, ad assicurarsi che fossimo al sicuro.

Gli spari esplosero non appena feci breccia nella finestra e mi buttai all'interno. Non potevo sparare. Riuscivo a malapena a coprirmi, lanciando il mio corpo attraverso il piccolo spazio.

Lincoln si occupò di farmi fuoco di copertura.

Due uomini di DeLuca giacevano in una pozza del loro stesso sangue, morti.

"Dobbiamo muoverci", disse Lincoln.

Balzai in piedi, con la pistola puntata e pronta a sparare. L'attrezzatura tattica ci appesantiva e aveva reso un po' più scomodo arrampicarsi sull'edera e farmi entrare dalla finestra.

"Subito", risposi. Seguii Lincoln che aveva già perlustrato la stanza e si era assicurato fosse sicura nel punto in cui eravamo entrati.

Insieme, uscimmo dalla piccola camera da letto e ci affiancammo nel corridoio.

"Di sopra!" gridò una voce rude.

Diverse paia di stivali calpestarono i gradini in tutta fretta.

"Rinforzi", mormorai sottovoce a Lincoln.

Ci posizionammo intorno al bordo della ringhiera, attenti a non essere visti. Mentre gli uomini di DeLuca salivano le scale sparando alla cieca, noi li colpimmo con precisione alla testa, per ucciderli.

Non eravamo venuti per fare prigionieri. Eravamo qui per una missione di ricerca e recupero.

Chiunque ci ostacolasse era il nemico.

Il complesso era di almeno due piani. Sospettavo che ci potesse essere anche un seminterrato. Le ragazze avrebbero potuto essere tenute prigioniere ovunque.

Stanza per stanza, perlustrammo i locali, solo noi due. La maggior parte delle stanze al piano superiore era vuota.

Fuori esplosero altri colpi di pistola.

"Dobbiamo muoverci", dissi. Dovevamo sbrigarci. Non ci sarebbe voluto molto prima che altri uomini salissero le scale per cercarci. Avremmo abbattuto anche la mezza dozzina di soldati che erano venuti per vendicarsi.

Lincoln aprì una porta dopo l'altra, e io andai con lui, con la pistola spianata, pronto a far fuori chiunque si opponesse al ritrovamento delle nostre famiglie.

Spingendo la porta aperta, i miei occhi si fissarono immediatamente su Izzie, seduta a un tavolo per bambini, che prendeva un thé insieme a Skylar e un'altra ragazza.

"Papà!" Izzie gridò. Saltò su dalla sedia. La minuscola sedia di legno cadde a terra al suo precipitarsi attraverso la stanza.

"Non muoverti", la voce di DeLuca tuonò da dietro.

Sentii lo scatto della sicura che veniva tolta, la canna della pistola spingeva contro la mia nuca.

CAPITOLO VENTIDUE

ARIELLA

"Stai bene?", sussurrai ad Hazel.

Eravamo sedute rannicchiate insieme, nel retro di un furgone. L'oscurità ci circondava.

Non c'eravamo solo noi due. Quasi una dozzina di donne erano state stipate nel retro del furgone bianco, lo stesso veicolo con cui eravamo state portate poco prima.

"No", mormorò Hazel. "Niente di tutto questo va bene".

Lo sapevo.

"Ne usciremo vive", dissi.

"Come?", chiese Hazel. "Come schiave del sesso? Preferirei prendermi una pallottola in testa".

"Non dire così", dissi. "Facciamo quello che dobbiamo per sopravvivere. Possiamo combattere questi uomini. Per quanto ne so, c'è solo uno che ci guida. Appena arriviamo dove ci stanno portando, combattiamo".

"Non funzionerà", disse un'altra ragazza. Non riconobbi la sua voce. Era rauca e secca. Sembrava assetata. "Se lotti, vieni legata, picchiata, violentata, e la lista continua. Gli uomini fanno a turno e noi tutte siamo costrette a guardare".

"Da quanto tempo stai con questi uomini?". domandai.

Non ero sicura di volerlo sapere, ma era chiaro che fosse stata in giro per un po' per poter aver assistito a quel che succedeva quando i prigionieri si ribellavano.

"Non molto, qualche settimana. Alcune delle ragazze sono state rimescolate tra le famiglie. Comprate, usate e vendute come spazzatura. È così che ci trattano, e sei fortunata che il loro sia interesse sessuale e non masochistico", disse.

Un brivido mi attraversò.

"Essere costretta a sposare Franco Ivanov, improvvisamente sembra una scampagnata", mormorò Hazel.

Le avvolsi un braccio intorno alla spalla, cercando di rassicurarla come meglio potevo che ne saremmo uscite vive.

Non ero solo sicura di come.

———

Con una pistola puntata alla tempia, non c'è modo di reagire.

Due uomini stavano di guardia fuori dal furgone. Uno ci puntava una pistola alla testa mentre uscivamo dal veicolo, l'altro ci assicurava un collare al collo.

Una terza guardia aspettava a pochi metri, con un telecomando nero nel palmo della mano.

"Nessuno ha intenzione di opporsi?" chiese con una risatina, inclinando la testa. "Che peccato". Premette il pulsante, inviando una scossa di elettricità che percorse tutti i nostri corpi allo stesso tempo.

Caddi a terra. I miei occhi si chiusero.

Tutto dentro di me faceva male, come se un fulmine mi avesse bruciato nelle vene. Mi mancava il respiro. Il cuore martellava nel petto.

L'elettricità durò solo pochi secondi, ma mi sembrò un'eternità.

"Non ci sarà insubordinazione", disse l'uomo, "o ne pagherete tutte il prezzo".

Eravamo collegate. Tutte noi, costrette a sopportare la tortura insieme.

I collari erano il loro mezzo per controllarci.

Non c'era modo di scappare.

CAPITOLO VENTITRÉ

JAXSON

"Non sparare, Angelo", dissi, mettendo le mani in alto.

"Per te sono Don DeLuca", disse Angelo.

"Ci penso io", disse Mason attraverso l'auricolare.

Bene, aveva ricevuto il messaggio che eravamo nei guai e che avevamo bisogno di altri rinforzi.

Speravo solo arrivasse in tempo.

Lincoln si rifiutò di abbassare la pistola, puntandola dall'altra parte della stanza verso Angelo. Colmò la distanza facendo un passo avanti.

"Non fargli male!" Skylar saltò in piedi dal suo posto al tavolo, dove stava prendendo il tè con Izzie e la ragazza.

"Che stai facendo?"

Gli occhi di Don DeLuca si strinsero, studiando la giovane donna.

"Izzie, vieni qui" disse Skylar, tendendo le braccia, cercando di proteggere mia figlia da DeLuca.

Gli occhi di mia figlia lacrimarono mentre guardava Skylar e poi di nuovo me. Le tremava il labbro inferiore.

"Vai con Skylar", dissi, cercando disperatamente di proteggere la mia bambina.

Era chiaro che Izzie non fosse sicura di cosa fare.

Dovevo proteggerla, ed era difficile con la canna di una pistola contro la mia nuca.

"Tempo scaduto", la voce di Mason rieccheggiò da dietro DeLuca, provenendo dal corridoio. "Li lascerai andare, o porrò fine alla tua vita insignificante".

"Sparami", disse DeLuca. "Credi davvero che sia finita? Le tue donne, non ci sono più".

Skylar afferrò Izzie e la tirò al sicuro, fuori dal pericolo, dietro le gambe, schermandola con il suo corpo.

Mason tirò fuori un paio di manette di metallo dal passante della cintura e spinse le mani di DeLuca dietro la schiena, assicurandogli i polsi.

"Che significa che sono sparite?", sbuffò Lincoln.

Izzie si precipitò da Skylar verso di me, con le braccia alzate.

La afferrai tra le mie braccia, coccolandola solo per un momento. Volevo assaporare l'attimo, rassicurarla che tutto andasse bene e che fosse al sicuro, pur non essendo a casa.

Ci sarebbero potuti essere innumerevoli altri uomini pronti a prendere la mira.

Speravo solo che Izzie non fosse più in pericolo.

Dov'erano gli altri?

Dov'erano Ariella, Hazel e Harper?

———

Con DeLuca neutralizzato, perlustrammo il complesso, sparando a chiunque avesse un'arma.

La maggior parte dei suoi uomini era fuggita. I pochi che erano rimasti, li avevamo abbattuti. Non ci avevano dato altra scelta.

Con le pistole alzate, ci dirigemmo giù per le scale, verso il seminterrato.

DeLuca ci accompagnò, con le braccia legate dietro la schiena da manette di metallo. Skylar, Izzie e l'adolescente stavano con Mason, facendo la guardia, pronto a proteggerle nel caso Angelo avesse provato a fare qualcosa di stupido.

"Non c'è nessuno qui sotto. Vi dico che le ragazze sono sparite" disse DeLuca.

Non sembrava minimamente dispiaciuto o contrito.

"Che ne dici se lo vediamo con i nostri occhi?" Feci strada, con la pistola spianata, assicurandomi che non ci fossero altri uomini a brandire armi.

"Aiuto!"

La voce di Harper proveniva dal seminterrato.

"Harper?"

Lincoln mi superò in fretta per raggiungere la cella della prigione, mentre io mi assicuravo che non ci fossero altre guardie nascoste nel sotterraneo.

Il corridoio girava e rigirava.

Le lampadine fluorescenti in alto tremolavano e sfrigolavano.

Guardai oltre le celle vuote della prigione e raggiunsi la fine, prima di girarmi per tornare indietro e ricongiungermi al gruppo.

Lincoln afferrò un paio di chiavi appese alla parete opposta e aprì la porta di metallo. Aiutò Harper ad alzarsi, esaminandola con uno sguardo veloce. "Ecco, lascia che ti aiuti ad alzarti".

Le offrì la mano.

"Ti ho detto che se ne sono andati", disse DeLuca. "Non torneranno nella struttura. Almeno, le ragazze". Fece un sorriso sornione.

Mi si attorcigliò lo stomaco, mi sporsi in avanti, tirandolo per i capelli, con la pistola puntata sul suo mento, verso l'alto.

"Dove li hai mandati?"

Ariella e Hazel erano ancora là fuori e, ormai, potevano essere ovunque.

Picchiettai l'auricolare, collegandomi con Declan e Aiden che erano tornati in ufficio.

"Ho bisogno di occhi nel cielo. Abbiamo Harper, Skylar e Izzie, ma Hazel e Ariella sono state portate fuori dalla proprietà".

Tolsi la sicura alla mia pistola. "Mi dirai dove state portando le ragazze".

"Siamo entrate nel complesso con un furgone bianco", disse Skylar.

"Stiamo cercando un furgone bianco", ripetei ad Aiden e Declan.

Aiden era un guru dei computer, della sorveglianza satellitare e dell'hacking di qualsiasi cosa, compresi i server governativi top-secret. Confidavo potesse farci vedere il furgone.

"Qualche idea sulla direzione in cui si sono diretti?", chiese Declan.

"Lincoln, porta fuori le ragazze. Chiama un'ambulanza se Harper avesse bisogno di essere visitata", dissi.

Non volevo che Izzie o gli altri assistessero a quello che ero disposto a fare pur di ritrovare Ariella.

"Jaxson."

La voce di Lincoln aveva un accenno di avvertimento. "Abbiamo DeLuca. Perché non lo consegniamo alle autorità? Ci farebbe comodo il loro aiuto per rintracciare le altre ragazze".

Naturalmente, Lincoln avrebbe voluto contattare il dipartimento dello sceriffo locale, ora che avevamo Harper e lei era al sicuro.

Non potevo rischiare che interferissero e rovinassero la nostra operazione. Eravamo addestrati per questo tipo di situazioni e avevamo molta più esperienza del dipartimento dello sceriffo locale di Breckenridge.

"Non è un'opzione", dissi burberamente. "Lo faremo da soli".

"E DeLuca?", chiese Lincoln, lanciandogli un'occhiata.

"Mi farò dare le informazioni da lui".

Anche se c'erano dei limiti che non ero disposto a superare, quando si trattava della mia famiglia e dei miei amici, avrei fatto qualsiasi cosa per salvarli.

CAPITOLO VENTIQUATTRO

Jayden

Ero di guardia davanti al complesso.

Anche se avrei voluto essere dentro e aiutare a salvare Skylar e gli altri, riconobbi anche che qualcuno doveva stare di guardia e tenere d'occhio la situazione.

Se gli uomini di DeLuca avessero provato a fuggire, non avrei permesso che accadesse.

Gli spari all'interno si erano zittiti dopo un bel po' di tempo.

Mi sarei preoccupato se non fossi stato collegato tramite un auricolare e avessi potuto sentire le conversazioni tra gli uomini della Eagle Tactical.

Lincoln uscì per primo, attraverso la porta d'ingresso.

Abbassai la pistola, attento a non sparargli.

Skylar lo seguì, tenendo per mano di Izzie.

Esalando un sospiro di sollievo, fui grato che stessero entrambe bene. "Sono felice che siate salvi", dissi.

Skylar lasciò cadere la mano di Izzie e tirò indietro il pugno, assestandomi un colpo in faccia.

"Bastardo!" Skylar mi urlò contro.

Ok, forse me lo meritavo. Anche se non sapevo cosa avrebbe fatto Enzo, non avrei mai dovuto coinvolgerla nei miei casini. Ero stato egoista e irresponsabile nel portare a bordo un civile.

"Hai ragione. Sono uno stronzo", dissi.

Lei inarcò un sopracciglio.

Si aspettava che reagissi?

Mi strofinai la guancia. Bruciava da morire, ma sarei sopravvissuto. Non era niente che un impacco di ghiaccio e un paio di aspirine non potessero curare.

I miei occhi mi stavano giocando degli scherzi? Dietro Skylar, una giovane bruna esitò. I suoi occhi azzurro pallido mi fissarono.

"Lexa!", gridai a mia nipote e mi precipitai in avanti, superando Izzie e Skylar.

Lexa mi gettò le braccia al collo. "Zio Jayden", sussurrò, prima che i singhiozzi scossero il suo corpo.

La presi tra le braccia, senza lasciarla crollare a terra.

"Stai bene?" Era una domanda terribile, la più stupida che avrei potuto fare, eppure ero lì, a farla comunque.

"Dovremmo portare le ragazze sul camion", disse Lincoln. "Non vogliamo restare qui fuori nel caso in cui DeLuca porti dei rinforzi".

"Affermativo."

Lincoln era bravo a prendere il comando e a comandare una squadra. Seguii il suo esempio.

Skylar teneva la mano di Izzie e seguiva Lincoln mentre io avvolgevo con un braccio Lexa, scortandola attraverso il prato, oltre il cancello aperto e fino all'altro lato, appena oltre la strada dove era parcheggiato il camion.

"E papà?", chiese Izzie.

"Sì? Dove sono Jaxson e Mason?", mi unii.

Avevo sentito brevemente nella trasmissione che erano rimasti indietro per interrogare DeLuca. Non sapevo di cosa fossero capaci al di fuori di una zona di guerra.

D'altronde, quando la propria famiglia si trova in pericolo, significa guerra.

Mi ero trovato nella stessa situazione, nella mia ricerca di Lexa.

"Ottenere informazioni", disse Lincoln. Non approfondì ulteriormente.

Ci precipitammo al veicolo e aprimmo la porta posteriore, facendo entrare prima le ragazze. Izzie salì sul sedile posteriore con Skylar da una parte e Lexa dall'altra.

"Voglio il mio papà", disse Izzie. Aveva problemi a stare ferma sul sedile posteriore.

La bambina probabilmente aveva bisogno di un seggiolino, che si trovava però nel camion di Jaxson.

"Che ne dici di fare un gioco?", disse Skylar. "Spio con il mio piccolo occhio qualcosa di giallo".

"Il sole!" Izzie squittì.

Skylar rise. "Sì, è il tuo turno".

Lexa raggiunse il mio braccio, mentre stavo in piedi appena fuori dal camion, vicino la portiera, facendo la guardia.

"Cosa mi succederà? Voglio dire, ora che i miei genitori non ci sono più", chiese Lexa, il suo labbro inferiore tremava.

"Verrai a stare con me", le risposi.

Avevo tutte le intenzioni di portarla a casa con me. Anche se non sapevo nulla su come crescere un'adolescente, non avevo intenzione di mandarla in affidamento o lasciare che qualcun altro mettesse le sue viscide zampe su di lei.

Lexa allungò le braccia e mi abbracciò.

Singhiozzava nel mio petto.

Non ero abituato alle ragazze che piangevano, figuriamoci ai bambini. Beh, aveva quindici anni, non proprio una bambina, ma comunque, aveva bisogno di un modello. E io ero l'ultima persona sul pianeta che Lexa avrebbe dovuto ammirare.

"Ci sono io", dissi, dandole una pacca sulla schiena mentre la stringevo. "Non lascerò che nessuno ti faccia mai più del male".

Skylar guardò nella mia direzione. Una linea corrucciata le si impresse sulla fronte. Aprì la bocca, ma la richiuse rapidamente.

Sorridendo, Skylar riportò la sua attenzione su Izzie e sul loro piccolo gioco.

"Ho spiato, papà!" Izzie squittì. Indicò Jaxson che insieme a Mason, si affrettava verso il camion. Le sue mani erano coperte di sangue, i pantaloni altrettanto sporchi.

Non osai chiedere cosa diavolo avessero fatto a DeLuca. Il bastardo si meritava tutto quello che gli era capitato.

Jaxson fu il primo ad avvicinarsi al camion. Si pulì le mani sporche sui pantaloni, come se questo potesse cancellare i ricordi e lo spargimento di sangue.

"C'è un'asta a mezzanotte", disse Jaxson. "Dobbiamo essere lì. Ho le coordinate GPS nel mio telefono".

"E DeLuca?", chiesi. "Dobbiamo preoccuparci che avverta i suoi uomini?"

Mason esalò un respiro pesante.

"Non parla più."

CAPITOLO VENTICINQUE

ARIELLA

Mi aspettavo di essere sbattuta in una cantina o in un seminterrato, dietro sbarre di metallo su uno squallido pavimento, un pensiero che mi faceva temere per la mia stessa vita.

Il collare elettrico mi pizzicava la pelle. Invece, gli uomini che ci avevano rapite ci condussero in una casa, forse più simile ad una fortezza che un'abitazione.

Dall'esterno era pesantemente sorvegliata, più dell'ultimo posto in cui ci avevano portato. Mentre l'ultima prigione era stata una cella di detenzione, che ci teneva letteralmente rinchiuse fino alla nostra prossima destinazione, questa prigione era completamente diversa.

Le luci erano soffuse quando entrammo. Ci volle un po' di tempo prima che i miei occhi si adattassero.

Seguii le altre ragazze, ci tenevamo vicine, mentre gli uomini ci spingevano in avanti, attraverso il lungo corridoio e su per le scale.

Un tappeto rosso scuro tracciava un sentiero su per le scale. I miei stivali affondarono nel tessuto felpato.

Jaxson sarebbe stato in grado di rintracciarci?

Dovevo credere che sarebbe venuto per noi, a salvarci. Era solo una questione di tempo, poi saremmo uscite da questo casino.

Una guardia aprì la porta a destra, e fummo tutte condotte dentro prima che la porta sbattesse dietro di noi.

Una donna sulla settantina uscì dall'ombra, indossava una vestaglia di raso rosa. "Avvicinatevi", disse, facendoci segno di avvicinarci.

Quando ci avvicinammo, lentamente, lei tirò fuori un piccolo dispositivo portatile, lo stesso telecomando nero che la guardia aveva usato prima per dare la scossa a tutti noi.

Premette il pulsante, costringendo una scossa di dolore a bruciarmi il collo.

Ero piegato in due dal dolore.

Il fuoco mi bruciava la pelle, rabbrividii e caddi in ginocchio. Le mie mani raggiunsero istintivamente il collare, ma non riuscii a toglierlo.

"Sono Diamond, e ricordate, signore, che non chiedo le cose due volte", disse la donna, un'espressione severa le attraversò il viso.

Era il suo vero nome, Diamond?

Era stata una di noi una volta nella sua vita, o era lei a dirigere l'intera operazione?

Non sembrava avere un grammo di empatia.

Ci affrettammo ad avvicinarci, temendo di essere colpite di nuovo dalla pazza con il telecomando.

"Molto bene", disse Diamond con un luccichio negli occhi. "Scoprirete che tutto questo passerà molto velocemente e senza dolore, se seguirete i miei ordini la prima volta".

Fece una pausa per un momento e camminò lentamente, la finestra dietro di lei aveva delle sbarre di ghisa, rendendoci prigioniere.

Immaginai che anche la porta fosse chiusa dietro di noi. Non cercai di fuggire verso la libertà. Non sarebbe stato così facile, non con decine di guardie armate dentro e intorno al locale.

"Stasera, voi ragazze sarete le ospiti più favolose e preziose della serata. Come me, come un diamante, dovete risplendere, scintillare e brillare. Mi aspetto che ognuna di voi faccia rapidamente il bagno. Dopo di ché, sarete vestite e vi truccheremo e pettineremo. Qualche obiezione?" chiese, rivelando il bottone nero nel suo palmo.

Nessuna parlò.

"Perfetto. Non siate timide. Siete i gioielli della serata e, come tali, verrete fatte passare per essere esaminate, toccate e controllate a fondo".

Il mio stomaco cedette.

Non eravamo gioielli.

Eravamo persone.

E anche se apprezzavo il fatto che almeno non ci chiamasse schiave del sesso, era quello che eravamo, vendute come schiavi. Ad ogni modo, questa donna era malata.

La donna mi indicò. "Tu sarai la prima, tesoro. Come ti chiami?"

La fissai, senza sapere cosa dire.

Lei sbuffò sottovoce. "Beh? Non ho tutto il giorno".

"Ariella", sussurrai, temendo che Diamond potesse colpirmi con le sue dita contorte.

I suoi occhi strizzarono, fissandomi. La sua mano si sporse per afferrarmi la mascella, esaminandomi la mia faccia da un lato all'altro. "Questo non va bene. Da questa notte in poi, tu sei Jade. Ora, sbrigati a lavarti. Devi essere presentabile per l'asta di questa sera".

Non mi mossi. I miei piedi erano come congelati sul posto.

"Presto, non abbiamo tutto il giorno" disse Diamond.

Schioccò le dita. Grazie al cielo, non premette di nuovo il maledetto pulsante.

Mi affrettai ad attraversare la stanza fino al punto in cui si trovava una guardia, che indicò verso una porta aperta.

Conduceva a un bagno collegato con diversi box doccia individuali. Mi sembrava di essere tornato al college, una vita fa.

Hazel era dietro di me, a qualche metro. "A quanto pare, assomiglio a una Violet. Perché non poteva lasciarmi essere Hazel non lo so", mormorò.

Le feci una smorfia. "Probabilmente ama il viola".

Non era il momento di abbassare la guardia. Dovevamo aspettare il momento giusto, ma stare attente. Avevo bisogno di spogliarmi, ma non avevo voglia di fare il bagno con quei mostri.

Una guardia stava all'ingresso del bagno. C'erano dei divisori per ogni bagno, ma nessuna tenda e certamente nessuna privacy.

"Dobbiamo lasciare questo addosso mentre facciamo la doccia?", chiesi, indicando il collare. "Non voglio essere colpito dall'acqua".

"L'unica a fare zapping è Madam Diamond in persona o una delle guardie di rango", disse la guardia in uniforme.

Esalai un respiro pesante ma non mi mossi dal punto in cui ero nel box. Dovevo ancora spogliarmi.

"Il tempo scorre. Hai cinque minuti qui dentro. Se a quel punto non sarai ancora pulita e scintillante, puoi scommettere che quella collana si illuminerà come se fosse Natale".

Meraviglioso.

Lentamente, mi spogliai, lasciando il mio telefono sepolto nello stivale. Che altra scelta avevo?

Non era solo una minaccia. Avevo sentito la puntura dell'elettricità e di sicuro non volevo sentirla di nuovo. Avrei seguito i loro ordini per sopravvivere. Dovevo solo dare a Jaxson e alla Eagle Tactical un po' più di tempo.

Stavano venendo per noi, e anche se c'era una schermatura contro i cellulari come nell'ultimo posto, dovevano aver captato il segnale quando eravamo fuori o nel furgone.

Mi aggrappai a quel po' di speranza, facendo un passo avanti e accendendo il getto della doccia.

Pur non potendo vedere Hazel a causa della parete divisoria smerigliata tra di noi, potevo sentirla camminare mentre si spogliava.

Il getto della doccia si scaldò, e mi misi sotto. Era come trovarsi sotto un temporale, pioveva a dirotto e mi bagnava dalla testa ai piedi.

Lasciai che l'acqua mi avvolgesse, diventando un tutt'uno con la doccia. Volevo lavare via la sporcizia, il trauma che avevo appena subito, ma sapevo che era stupido.

Come potevo rilassarmi quando ero ben lontana dall'essere al sicuro?

"Due minuti di preavviso, Jade", disse la guardia.

Contro il muro c'era un distributore di sapone e shampoo.

Mi affrettai a pulire il fetore che mi circondava. Lo sporco che mi copriva era uno strato invisibile, creato da Ben e da altri, come gli uomini di guardia e Diamond con il telecomando pronto a causare dolore a chiunque ritenesse indegno.

La sporcizia mi copriva, e con la stessa rapidità con cui quella pioggia d'acqua mi aveva inzuppata, finì.

La doccia si chiuse senza alcun consenso da parte mia.

La guardia lanciò un asciugamano grigio nella mia direzione. "Asciugati e metti i tuoi vestiti in quel bidone". Indicò un enorme bidone della spazzatura vicino all'uscita del bagno.

Merda, il mio telefono era sepolto nelle scarpe.

Beh, almeno sarebbe rimasto acceso senza essere notato. Non sarei stata in grado di assicurarmelo addosso senza essere scoperta. Anche con indosso solo con un asciugamano, la guardia non aveva distolto lo sguardo da me.

A quanto pare, la parola *privacy* non faceva parte del suo vocabolario.

Avrei voluto fare un'osservazione sarcastica, su come sembrasse avesse scattato una foto mentale o che non avesse mai visto una donna nuda prima, ma tenni a freno la lingua. Non volevo attirare l'ira di Diamond o imporla al gruppo di ragazze.

Mi avrebbero odiata se fossi stata l'unica a reagire e tutti noi ne avremmo subito le conseguenze.

———

Una delle assistenti di Diamond, di nome Iris, mi vestì con un négligé di raso nero con spalline sottili che rivelava troppa scollatura e copriva a malapena il mio culo.

Mi sentivo nuda.

Probabilmente, era proprio quello lo scopo.

Non mi avevano permesso di rimettermi le mutandine, così continuavo a tirare giù l'orlo del vestito, ottenendo però solamente di mettere ancor più in mostra il mio seno.

Meraviglioso. Stavo per essere messa in mostra per un gruppo di uomini pervertiti.

Le mani tremavano, me le infilai tra le braccia, piegandole sul petto, cercando di mantenere almeno una parvenza di pudore.

Non ero minimamente a mio agio. E anche se avrebbe dovuto essere l'ultima delle mie preoccupazioni, visti gli uomini armati e il collare al collo, era comunque inquietante.

Iris mi sistemò i capelli in riccioli, appuntandone una parte e lasciando alcune lunghe ciocche dietro.

Mi truccò, prestando particolare attenzione agli occhi e alle labbra.

Non c'era uno specchio. Non avevo idea di come stessi, ma basandomi sull'aspetto delle altre ragazze, stavano andando un po' troppo pesanti con l'eyeliner e il rossetto.

Non mi truccavo quasi mai, e quando lo facevo, era giusto un po' di gloss o un balsamo colorato per le labbra. Questo mi sembrava eccessivo.

Era diventato buio ore fa.

Il mio stomaco brontolò.

Le guardie avevano portato della pizza da mangiare, ma a noi non avevano dato altro che acqua.

Stavano cercando di farci morire di fame? Costringerci all'obbedienza?

Stavamo già eseguendo ogni loro comando.

Le luci si abbassarono e tremolarono.

Hazel e io ci scambiammo una breve occhiata.

"Ragazze!", Diamond batté le mani, attirando la nostra attenzione.

"È il momento di svelarvi ai nostri ospiti. Dovrete usare solo il nome che vi abbiamo dato stasera. Ci sono telecamere ovunque dentro e fuori la proprietà. Se anche solo sospettiamo un tradimento, sarete punite tutte, insieme alle vostre sorelle", minacciò Diamond.

Ci fece mettere in fila, Hazel ed io eravamo le ultime. Non avevo fretta di incontrare gli uomini di sotto. Probabilmente, erano uomini come Ben, che volevano mettere le loro sporche mani su di noi.

Diamond lasciò che le altre ragazze uscissero nel corridoio. Si mise in mezzo alla fila, impedendomi di uscire prima di Hazel.

"Voi due non siete come le altre ragazze", disse Diamond. Si avvicinò. I suoi occhi ci squadrarono, il ché mi mandò un brivido lungo la schiena.

Le mie mani tremarono, ma cercai di non farglielo vedere.

Io e Hazel restammo in silenzio.

"Non ha importanza il vostro passato, le vostre origini, quel che avete fatto per meritare questa vita", disse Diamond. "Darò ad entrambe voi un consiglio, usatelo con saggezza. Intrattenete questi uomini stasera, e potreste trovarvi come me, immerse nella fortuna".

Si mise una mano in tasca e tirò fuori un braccialetto d'oro. Mi afferrò il braccio e fece scivolare il metallo sul mio braccio, fissandolo al suo posto.

"Ascolteremo ogni parola che dirai, Jade", disse Diamond.

Ingoiai il groppo in gola.

Diamond recuperò un secondo braccialetto e lo fece scattare sul polso di Hazel.

"Ora andate. Che la festa abbia inizio", disse Diamond. Si fece da parte, permettendoci di raggiungere le ragazze dirette verso la tromba delle scale, a piedi nudi.

CAPITOLO VENTISEI

JAXSON

Tornando alla Eagle Tactical, parcheggiai il camion di fronte.

Mason scese per primo e si diresse all'interno per parlare con Declan e Aiden. Voleva sapere cosa stesse succedendo con Hazel e se avessero nuove informazioni dall'ultima volta che li avevamo sentiti, pochi minuti prima.

Lincoln si fermò accanto a me e spense il motore. "Vado a fare un salto alla clinica locale per fargli dare un'occhiata a Harper".

"Sto bene!", intervenne Harper, agitando la mano con aria sprezzante verso di lui.

Lui le lanciò un'occhiata. "Forse tu, ma anch'io ho bisogno di sapere che il nostro bambino stia bene".

Lexa e Jayden scesero dal sedile posteriore. Erano tornati indietro con Lincoln.

"Ti dispiace se ci aggreghiamo? Lexa dovrebbe probabilmente farsi visitare da un medico".

"Sto bene, zio Jayden", disse Lexa, roteando gli occhi. "Voglio solo andare a casa, fare un bagno caldo e rilassarmi".

Jayden prese tempo, probabilmente aspettando che uno di noi intervenisse.

Slacciai Izzie dal sedile posteriore del mio camion e aprii la porta principale. Mi fermai, esalando un pesante sospiro.

Non ero sicuro di quando farlo, di dire a Skylar che il suo invito a stare con me era stato ritirato. Ora, sembrava un momento buono come un altro.

"Skylar, devi trovare un altro posto dove stare. Non verrai a casa con noi se non per fare le valigie".

Gli occhi di Skylar si allargarono. "Siamo una famiglia, Jaxson. Non puoi buttarmi fuori".

"Col cavolo che non posso!"

La mia voce divenne più forte man mano che parlavo. "Hai appena fatto rapire mia figlia e la mia ragazza. Se fosse per me, non vorrei vederti mai più". Mi rifiutai di abbassare lo sguardo.

Doveva sapere che quello che aveva fatto mi feriva. Andava oltre il tradimento. Mi aveva tagliato il cuore, facendomi sanguinare.

"Ho del lavoro da fare. Dobbiamo ancora rintracciare Hazel e Ariella. Mi aspetto che tu ripulisca la tua merda e che te ne sia andata per quanto ritornerò a casa stasera".

Skylar si infilò le mani nei jeans. "Se è questo che vuoi".

"Non mi fido di te, e finché gli fai compagnia", dissi indicando Jayden, "non sei la benvenuta in casa mia".

Lei aprì la bocca, come per dire qualcosa, ma la chiuse altrettanto velocemente.

Bene. Non volevo sentire le sue stupide scuse per giustificare quello che aveva fatto.

Entrai come una furia nell'edificio, lasciando Skylar fuori, senza un passaggio. Jayden o Lincoln potevano aiutarla, se volevano.

Dubitavo Lincoln avrebbe offerto aiuto a Skylar.

Pur essendo stati intimi mesi prima, precedente a quando lui innamorò di Harper, le lo aveva tradito, proprio come aveva fatto con me.

————

Izzie si sedette al tavolo dove lavorava Ariella. Avevamo spostato il computer e dato a Izzie una matita e una manciata di penne colorate per scarabocchiare su della carta bianca.

Non eravamo preparati per un bambino in ufficio. Non avevo pastelli o un libro da colorare, e mentre di solito tenevo queste cose in una borsa di riserva nel camion, oggi non le avevo a portata di mano.

Non avevo programmato di fare un'escursione.

"Dimmi che hai qualcosa", dissi ad Aiden.

Lui batteva diligentemente sulla tastiera.

Mason stava dalla parte opposta, con le braccia conserte sul petto, l'espressione solenne e la mascella serrata.

"Ho la posizione recente del cellulare di Ariella, che corrisponde alla posizione che ci ha dato DeLuca", disse Aiden.

Scarabocchiò l'informazione su un pezzo di carta e me la porse.

"Grazie", risposi burberamente.

"Non puoi andare all'asta vestito così", disse Declan, entrando in ufficio con una tazza di caffè fresco in mano. Sorseggiò la tazza e si fermò sullo stipite della porta.

"Cosa c'è di sbagliato nei miei vestiti?", chiesi, dando un'occhiata al mio abbigliamento. I miei jeans blu scuro avevano una striscia di sangue, e la mia camicia non sembrava essere in condizioni tanto migliori.

Non aveva torto.

"Hai qualcosa da prestarmi?"

Dubitavo avessero dei vestiti di ricambio in ufficio. "O ti sto togliendo i vestiti di dosso?" chiesi.

"Non puoi andare all'asta", disse Jayden.

Guardai dietro di me, mentre lui si affrettava a raggiungerci. Skylar stava vicino alla porta, aspettando dentro, e Lexa le faceva compagnia.

"E perché diavolo no?" domandai.

Se qualcuno doveva salvare Ariella, dovevo essere io.

Anche Mason poteva venire. Avrebbe voluto salvare Hazel, e io non l'avrei fermato. Proprio come sapevo che lui non avrebbe fermato me.

Ci eravamo dentro insieme.

"Non sappiamo chi gestisca l'asta", disse Jayden. "Potrebbe essere chiunque, e tu sei un nome importante a Breckenridge".

"Tutti sanno che lavoriamo per la Eagle Tactical", mormorò Mason. "Quindi, cosa? Lasciamo che le ragazze vengano comprate da qualche canaglia e poi organizziamo due missioni di salvataggio?" Scosse la testa e si precipitò verso Jayden.

"Ehi! Sto solo cercando di aiutare!" Jayden alzò le braccia in segno di resa. "Se vuoi andare e farti respingere alla porta, allora, in qualsiasi modo tu voglia, presentati lì. Ma se volete qualcuno che possa entrare e far uscire le ragazze, allora avrete bisogno di me".

Non mi piaceva qualsiasi piano Jayden avesse in mente. Lui era il motivo per cui Ariella e Hazel erano ancora scomparse.

Guardai l'orologio sul muro. Il tempo non era dalla nostra parte.

Anche se avremmo potuto creare identità false e persino travestirci, era troppo rischioso. Questi tipi di eventi erano solo su invito.

"Puoi darci un invito?"

Squadrai Jayden.

Jayden annuì con entusiasmo. Si stava sforzando troppo. "Conosco il tizio che gestisce l'asta, Capo Sergio. Fa parte della famiglia DeLuca," aggiunse Jayden.

Stava cercando di rimediare a quello che aveva fatto o ci stava nascondendo qualcosa?

Che scelta c'era se non fidarsi di lui?

Il mio telefono vibrò nella tasca. Che fosse Ariella? Non avevo riconosciuto il numero di telefono.

"Pronto?", risposi.

"Ciao, sei Jaxson?"

"Sì."

Sentii gli occhi dei ragazzi su di me mentre facevo un passo fuori dalla stanza e fissavo Izzie, che colorava in silenzio. Era riuscita a sporcarsi le mani e la scrivania di inchiostro.

"Sono Delphine. Ariella doveva venirmi a prendere all'aeroporto, ma non risponde al telefono".

CAPITOLO VENTISETTE

Jayden

Mi aveva individuato prima ancora che riuscissi a posare gli occhi su di lei.

Non avevo ancora visto Ariella, ma Hazel si avvicinò a me, con un sorriso fin troppo seducente.

Cercai di far finta di niente e di restare calmo.

Capo Sergio era in piedi accanto a me. "Vedi qualcosa che ti piace, amico mio?" chiese, dandomi una pacca sulla schiena. "Per il giusto prezzo, te la porti a casa".

Mi schiarii la gola. "E che prezzo sarebbe, esattamente?". La guardai dall'alto al basso. Dovevo fingere che stessi decidendo se mi interessasse o meno.

"È un'asta silenziosa e solo contanti. Non dimenticarlo", disse Sergio agitando il dito verso di me. "Te lo dico io, queste ragazze, più le teniamo rinchiuse e più diventano sexy".

Mi ci volle un enorme sforzo per non colpire Capo Sergio. Era lui che dirigeva l'operazione, e anche se avevo intenzione di distruggerla, non potevo farlo da solo.

Indossare un microfono era già stato motivo di discussione, consegnare poi le informazioni alle autorità non fu da meno. Ma non potevo rischiare di essere scoperto.

Già ero rimasto a galla per un soffio, sopravvivendo a malapena, tra Enzo che mi buttava fuori al freddo e la consegna della mia finta fidanzata agli uomini di DeLuca.

Sergio, probabilmente, si fidava di me quanto io di lui.

"Puoi portarla a fare un giro di prova" disse Sergio, indicando con l'indice verso le stanze private. "C'è, naturalmente, una tariffa, ma sai come vanno queste cose. Tutto è possibile. Niente è off-limits".

"Bene. Non vorrei pagare per merce contaminata", risposi. Dovetti trattenermi dal vomitare, al sentire quelle parole uscire dalle mie labbra.

Afferrai Hazel per i fianchi e la tirai contro di me. "Quanto per un'ora con lei?".

"Venti minuti al massimo. Anche gli altri potenziali acquirenti devono poter avere un'opportunità con lei", disse Sergio. "Quattrocento per venti minuti".

"Cazzo", mormorai e tirai fuori quattro banconote da cento dollari.

La mia mano afferrò il polso di Hazel, la trascinai con forza verso la suite privata e sbattei la porta dietro di noi.

Non ero un idiota. C'erano telecamere ovunque. Che ce ne fossero anche nella stanza privata?

Non ne avevo viste, ma questo non significava nulla.

"Sono Violet", disse Hazel. La sua voce tremò, mentre faceva un passo indietro da me.

I miei occhi si strinsero, studiandola.

Lei e le altre ragazze avevano tutte dei collari neri al collo, fissati con un lucchetto di metallo che si chiudeva con una fibbia. Al braccio portava un braccialetto d'oro, che picchiettava ripetutamente mentre mi guardava.

Hazel si tirò sù il labbro inferiore, portandolo tra i denti, senza dire altro.

"Violet", dissi, usando il nome che mi aveva dato. Se voleva che sapessi che il suo nome non era Hazel, mentre eravamo soli, allora probabilmente pensava che gli uomini ci stessero ascoltando.

"Capisci che ho comprato il tuo tempo per i prossimi venti minuti?"

La mia espressione rimase fredda e scura e intanto, tiravo il suo braccio con il braccialetto verso di me. Le mie dita giocherellarono con il braccialetto ma il mio sguardo restava fermo sui suoi occhi.

"Sì, capisco", disse Hazel. Si avvicinò e salì sulle mie ginocchia.

Forse pensava anche che ci stessero guardando?

Altrimenti, dubitavo avrebbe voluto starmi vicina.

"Supponiamo che io sia interessato a comprare più di una ragazza. C'è qualcun'altra che potrebbe suscitare il mio interesse quanto te?", chiesi. "Mi piacciono le brune con i capelli lunghi, gli occhi pieni di anima, con un po' di scintilla". Dovevo stare attento che nessuno potesse decodificare quel che dicevamo e dare un senso alle nostre parole.

"Io, sì, forse Jade potrebbe essere di tuo gradimento", disse Hazel.

"Bene."

Sorrisi, a denti stretti.

Mentirei se dicessi di essere sorpreso avessero obbligato le ragazze ad usare nomi diversi.

"Dimmi, Violet, perché dovrei scegliere di comprare te quando potrei avere qualsiasi donna in questo posto?" chiesi, solo perché sapevo che ascoltavano.

Lei aprì la bocca e la chiuse rapidamente.

Alzai un sopracciglio, aspettando che rispondesse.

Hazel esalò un respiro pesante e si chinò più vicina. Le sue dita rastrellarono i miei capelli mentre le sue labbra raggiungevano il mio orecchio, sussurrando in modo che solo io potessi sentirla.

"Perché se non lo fai, Mason ti darà la caccia e ti ucciderà".

Non aveva torto.

———————

Avevo diverse migliaia di dollari in contanti, la maggior parte con me, ma qualche migliaio di dollari era nascosto nel camioncino fuori.

La mia preoccupazione era che se avessi avuto tutti i contanti su di me, avrei rischiato di farmene sottrarre un po'.

La verità era che non avevo idea di quanto sarebbe costato, di quanto costasse un'asta silenziosa per una persona. Non potevo certo chiederlo a qualcuno.

Capo Sergio era in piedi, al centro della stanza. Le luci si abbassarono, Sergio prese un microfono, tenendolo con la mano sinistra.

"Il momento finale della serata che tutti voi stavate pazientemente aspettando, i vincitori dell'asta silenziosa", annunciò Sergio.

Un sorriso sbilenco raggiunse le sue labbra. Una donna anziana, vestita con un abito d'oro scintillante sotto le luci del lampadario, gli consegnò una pila di cartoline.

"Grazie", le disse Sergio.

Le ragazze erano allineate contro il muro, e lui fece un cenno alla prima ragazza di raggiungerlo.

"Il nostro primo premio della serata, Ruby, andrà a casa con Rafael. Puoi pagarmi o portare i fondi a Diamond per reclamare il tuo premio". Fece un gesto verso la donna con l'abito dorato.

Ruby si diresse verso il lato opposto della stanza, accanto a Diamond.

La giovane rossa, Ruby, sembrava davvero spaventata mentre aspettava che Rafael completasse la transazione.

Se avessi potuto salvare tutte le ragazze quella sera, l'avrei fatto; ma non era quella la ragione per cui ero andato all'asta. Ero lì per Ariella e Hazel, o meglio per Jade e Violet.

L'asta proseguì, ragazza dopo ragazza, transazione dopo transazione.

Il mio stomaco era in subbuglio nel vedere le ragazze vendute, costrette ad andare con un estraneo, la maggior parte degli uomini non li riconobbi. Tuttavia, alcuni erano della banda di DeLuca ma non presenti al complesso, da quanto avevo visto, all'inizio della giornata.

Se l'avessero fatto, probabilmente sarei già stato morto.

Per fortuna, la mia copertura non era saltata.

Sapevano che Angelo DeLuca fosse morto? Dubitavo fosse la fine della famiglia DeLuca. Un altro boss sarebbe sorto al suo posto. Magari sarebbe stato Gino, il suo secondo in comando?

"La prossima, questa sera, è Violet. Violet, per favore, faccia un passo avanti", disse Sergio, mentre lei esitava ad obbedire al comando.

Salì sul palco e trattenne il respiro.

Non era l'unica. E se non avessi fatto abbastanza offerte per portarla a casa con me? Non avevo idea di quanto costasse, e dovevo dividere la somma tra Ariella e Hazel.

E se non avessi potuto permettermi nessuna delle due?

"Violet, questa sera tornerai a casa con Jayden".

Tirai un sospiro di sollievo. Una in meno.

Attraversò la stanza e si diresse verso Diamond, dove avrei dovuto fare il pagamento finale perché mi accompagnasse a casa.

"E per ultima, la nostra gemma rara, Jade".

Avevo visto Ariella a malapena tutta la sera. Diversi uomini avevano comprato il suo tempo? Qualcun altro aveva un forte interesse per lei?

Capo Sergio guardò il biglietto che aveva in mano e se lo infilò nella tasca posteriore. "Jade verrà a casa con me".

CAPITOLO VENTOTTO

JAXSON

"Che significa che hai fatto uscire solo una ragazza? Ti abbiamo dato abbastanza soldi per pagare sia Ariella che Hazel".

Non poteva star succedendo davvero!

La stanza si mise a girare, chiusi gli occhi.

Pur essendo sollevato dal fatto che Hazel fosse al sicuro e che si sarebbe riunita con Mason da un momento all'altro, sentivo male allo stomaco al pensare a quel che sarebbe potuto succedere ad Ariella.

Non avrei dovuto andarmene. Aiden e Declan mi avevano convinto a portare Izzie a casa.

Non avrei mai dovuto lasciare Jayden a gestire l'operazione.

"Capo Sergio, il bastardo che gestisce l'asta, ha tenuto Jade, cioè Ariella, per sé. Non aveva importanza quanti soldi gli avessi gettato addosso. Aveva intenzione di tenerla".

"Dannazione!", sbattei il pugno sul tavolo della cucina.

Izzie dormiva al piano di sopra, infilata nel letto.

Sospirai. Speravo di non averla svegliata.

Mi misi all'ascolto, ma non udivo alcun rumore provenire dal piano di sopra.

Bene. Espirai un pesante sospiro. "Mi serve tutto su Capo Sergio. Abita nel luogo dell'asta?" Dovevamo sapere dove avrebbe portato Ariella.

"No, ha una casa su un terreno, appena fuori città". Jayden fece una pausa, come se stesse trattenendo la lingua, nascondendomi qualcosa.

"Se sai dove abita, allora ci andiamo stasera". Non avevo intenzione di aspettare la luce del giorno per salvarla.

"No."

"Cosa vuol dire no?", chiesi.

Era stata tutta colpa sua.

Jayden non era obbligato a venire. Diavolo, se voleva stare a casa a giocare con Skylar o qualsiasi altra cosa, poteva farlo. Avevo solo bisogno di sapere dove vivesse Sergio per poter pianificare una missione di salvataggio e recuperare Ariella.

"Sergio è malato", disse Jayden e temporeggiò per un minuto.

"Non ho tutto il giorno".

Stavo diventando impaziente con Jayden.

"Fa sembrare quello che è successo ai NoTech un picnic".

La maggior parte dei NoTech era stata uccisa a sangue freddo dalla mafia russa, mesi prima. Jayden ed Emma erano gli unici due sopravvissuti, per quanto ne sapessi.

Da quel che avevo sentito, Emma era stata trascinata via in manette e si era dichiarata colpevole di una mezza dozzina di accuse.

Ero sorpreso che Jayden non fosse finito dietro le sbarre con lei. Dopo tutto, era stato uno degli uomini armati durante la presa in ostaggio al Blue Sky Resort. Emma era stata la mente dell'operazione, ma anche Jayden non era del tutto innocente.

Aveva un passato oscuro, ma stavo cominciando a capirlo e a decifrarlo, tutto sembrava ricondurre alla sua famiglia, alla ricerca della nipote, Lexa.

"Cosa stai suggerendo?" domandai.

Apprezzavo l'opinione di Jayden, soprattutto per quanto riguardava Sergio e la famiglia DeLuca. Aveva molte più conoscenze sulla mafia di quante ne avessi mai avute io. Avevo fatto tutto quel che potevo per evitarli.

"Sergio non toccherà la tua ragazza stasera. Torna sempre a casa dopo una di queste feste, si ubriaca e sviene".

"E tu lo sai... perché?"

Potevo fidarmi che non avrebbe messo le mani addosso ad Ariella? Quanto era affidabile Jayden? Non potevo fissarlo negli occhi al telefono. Dovevo fidarmi di lui, e il mio istinto mi diceva che era onesto.

"Sono stato invitato dopo una o due feste", confessò Jayden. "Ariella non è la prima ragazza che porta a casa. Avrei dovuto capire che avrebbe potuto scegliere lei. È sicuramente il suo tipo. Ma ti assicuro che non la toccherà fino a domani, ed entro la fine della settimana sarà tutto finito".

Mi sprofondò lo stomaco.

"Perché?"

"Le manda a caccia prima della prossima asta. Non ho mai conosciuto una ragazza che sia riuscita a scappare".

CAPITOLO VENTINOVE

Jayden

Non avrei dovuto dire a Jaxson della caccia. Non mi avrebbe mai permesso di andare a casa stasera, mettermi a letto e fare qualche ora di sonno.

"Mi stai dicendo che manderà Ariella su cosa, sulle montagne, e le darà la caccia per sport?"

Avevo la bocca asciutta. La vista annebbiata.

Avevo già lasciato Hazel da Mason e stavo tornando a casa.

"Proprio così. È un bastardo, Capo Sergio, ma non l'ha mai fatto prima di scoparsi le donne che compra. Quindi, hai circa una settimana prima che si stanchi della stessa ragazza e voglia un nuovo giocattolo".

"Non posso... non c'è modo che io possa stare fermo ad ascoltare questo. Qual è l'indirizzo?"

Anche se era posta come una domanda, sapevo senza dubbio che Jaxson non stava chiedendo. Esigeva che gli dicessi dove viveva Sergio.

La mia vista si offuscò, gli occhi bruciavano. Volevo dormire qualche ora, prima che sorgesse il sole.

"Non andrai da solo", dissi.

Era un lavoro di salvataggio come minimo a due. Qualcuno doveva uccidere Sergio e un altro salvare Ariella.

Sergio non avrebbe aperto la porta di casa sua a Jaxson. Io ero quello di cui si sarebbe fidato, quello che avrebbe fatto entrare in casa sua.

Jaxson poteva intrufolarsi e aiutare Ariella a scappare, mentre io distraevo Sergio.

Se solo fosse stato così semplice.

"Non mi interessa se vieni con me o no, ma non lascerò Ariella lì un altro minuto" disse Jaxson.

"E tua figlia?"

Provai a lanciargli la carta del papà. Era tutto quel che mi era rimasto per cercare di impedirgli di farlo stasera.

"Lascia fuori la mia bambina!", urlò Jaxson al telefono.

"Okay, va bene. Intendevo solo che non puoi lasciare una bambina così piccola a casa da sola".

"Non è sola. Ho qui uno dei ragazzi e la sorella di Ariella. Non che la cosa ti riguardi", sputò Jaxson.

Dormire era un lusso che non stavo ottenendo. Proprio come il sesso, ultimamente.

"Hai carta e penna? Ti do l'indirizzo. Poi devo chiamare casa mia e controllare Lexa".

"È notte fonda", disse Jaxson. "Lascia dormire la povera ragazza".

Già.

Ora capivo come si sentiva.

Gli riferii l'indirizzo e le indicazioni per raggiungerlo, poi accettai di andare direttamente in loco, a patto che mi portasse una tazza di caffè. Non mi importava se l'avesse preparato a casa o se fosse una bottiglia di caffè freddo presa dal frigo che aveva portato con sé. Avevo solo bisogno di una scossa extra di caffeina per tenermi sveglio.

Stavamo andando in missione di salvataggio per recuperare Ariella, e non avevo intenzione di addormentarmi prima che la mia testa toccasse il cuscino.

CAPITOLO TRENTA

ARIELLA

Avrei dovuto essere grata che il collare e il braccialetto fossero stati rimossi. Sergio poteva anche avermi rubato per sé, ma almeno non aveva alcuna intenzione di farmi mandarmi scariche elettriche pulsanti pulsanti attraverso il collo.

Forse non era un sadico?

Ancora non mi fidavo di lui.

Mi aveva chiuso sul sedile posteriore del suo SUV nero, messo un sacco in testa per poi guidare per circa una ventina di minuti.

La strada era accidentata Il viaggio era stato piuttosto brusco. Da quel che capivo, non eravamo rimasti sulla strada principale.

Dubitavo anche che Sergio fosse preoccupato di essere visto.

Doveva vivere fuori dai sentieri battuti. Non era proprio fuori mano, di per sé. Sospettavo che ci fosse l'elettricità e tutte le cose più belle che il denaro poteva comprare.

Non mi sbagliavo.

"Andiamo", disse Sergio, la sua voce ruvida e densa. Farfugliava leggermente, afferrandomi intanto per un braccio e spingendomi fuori dal sedile posteriore.

"Non vedo niente", dissi, ricordandogli che avevo una borsa sulla testa. Era difficile non inciampare sul terreno roccioso. Non aveva un vialetto asfaltato, o se lo aveva, aveva scelto di non usarlo.

"Questo è il punto", disse.

L'erba e le pietre sfiorarono i miei piedi nudi.

Mi mancavano ancora di più i miei stivali di pelle, per non parlare del mio cellulare che era ancora lì nascosto. Amavo quelle scarpe e avevo persino speso una fortuna per comprarle perché pensavo che stessero benissimo con un paio di jeans.

Dubitavo che le avrei mai riavute, e un nuovo paio sarebbe stato un inferno per i miei piedi.

Come avrebbe fatto Jaxson a trovarmi?

"Sali," mi disse Sergio.

Feci un passo attento, avvertendo il legno caldo sotto le dita dei piedi.

Era un portico?

Non scricchiolava, ma probabilmente non era nemmeno vecchio o traballante. Sergio era un mafioso e probabilmente nuotava nei soldi. Almeno, così me lo immaginavo, soprattutto dopo averlo visto gestire l'asta. Era evidente fosse lui al comando, altrimenti qualcuno sarebbe intervenuto quando aveva deciso di portarmi a casa.

Sentii il tintinnio delle chiavi e lo sferragliare del metallo mentre infilava la chiave nella serratura.

Presto saremmo entrati.

E se me ne fossi andata a piedi? Le mie mani non erano legate dietro la schiena. Potevo gettarmi la borsa via dalla testa e correre.

Quanto lontano sarei arrivata?

Aveva la sua pistola a portata di mano? Ero sicura che avesse un'arma, e probabilmente mi avrebbe sparato alla prima occasione che avesse avuto, anche perché del resto, a lui non ero costata un centesimo.

La porta cigolò sui cardini, l'ingresso principale si aprì. Almeno, supponevo fosse l'ingresso principale.

Il mio cuore batteva come una barca che sbatte contro gli scogli in una tempesta. Il sudore mi copriva, ed ero conscia che all'esterno, non faceva per niente caldo.

Il mio stomaco fece una capriola.

Era il momento, dovevo agire. E così, corsi.

Strappai il panno che mi copriva il viso, lanciandomi alla ricerca della libertà. Inciampai sul gradino della veranda, ma questo non mi fermò dal proseguire la mia corsa.

Partii alla massima velocità che le gambe mi consentivano. I miei polpacci bruciavano, ma non mi importava. Mi rifiutai di rallentare o di arrendermi a Sergio, o a qualsiasi uomo che pensasse di potermi possedere.

Non ero una proprietà.

Fuori era ancora buio, e i miei piedi si muovevano sulla ghiaia ruvida della fitta foresta.

Desideravo più di ogni altra cosa avere i miei stivali, qualcosa che proteggesse la parte inferiore dei miei piedi. Correvo su rami e foglie, cardi e rocce.

Tutto ciò che disseminava il suolo della foresta scricchiolava sotto il mio peso, mentre mi allontanavo dalla proprietà.

Non avevo idea di dove fossi diretta, solo che avevo bisogno di aiuto.

Non mi ero nemmeno voltata o rallentato per dare un'occhiata a Sergio.

Non mi aveva inseguito, e durante quel breve momento, pur trovandolo strano e quasi inquietante, non riuscii a rallentare.

Non avevo intenzione di dargli il tempo di raggiungermi se avesse avuto intenzione di mettersi le scarpe da corsa o di cambiarsi d'abito. Non avevo la minima idea del perché mi avesse lasciata correre, ma non avevo intenzione di rimettere in discussione la decisione.

Certo, c'erano orsi nel bosco. Grizzly. Le creature più cattive e mortali. Forse anche i lupi. Non ero del tutto sicura di tutte le bestie selvatiche della foresta.

Non vivevo a Breckenridge da molto tempo, e di sicuro non ero cresciuta da queste parti.

Non riuscivo a pensare a cosa ci fosse oltre la foresta, a dormire o a cercare cibo. L'unico modo per sopravvivere era la fuga.

Ero libera?

Il petto mi doleva con tale intensità che avrei voluto gridare, sentivo bruciare e lacrimare gli occhi.

Rallentare mi avrebbe fatta uccidere.

Avevo già provato questo dolore, come se il mio petto venisse schiacciato. Un'agonia.

Non rallentai. Non stavo morendo. Non era un attacco di cuore. Certo, avevo dei problemi che mi facevano letteralmente saltare il cuore. Grazie alla tachicardia e alla disfunzione autonomica di cui ero affetta, mi sentivo all'inferno.

Ma in realtà, non mi avrebbe ucciso.

Giusto?

Mi ero assicurata di prendere le mie medicine due volte al giorno. Avevo seguito la routine scrupolosamente, non mancando mai una dose perché se lo avessi fatto, sapevo che mi avrebbe devastata, sconvolgendo la mia vita anche il giorno dopo.

Anche se avessi saltato una dose, non sarebbe stata la fine del mondo se non fossi stata in modalità lotta o fuga. Correre per la mia vita non aiutava ad alleviare nessuno dei miei sintomi.

Più di ogni altra cosa, avrei voluto avere il mio telefono con me per chiamare Jaxson.

Con una smorfia, mi ricordai che Delphine sarebbe arrivata in città stasera.

Merda.

Mi avrebbe perdonata per non essere andata a prenderla all'aeroporto? Ci stavamo finalmente riavvicinando e l'avevo mollata.

Ecco cosa avrebbe detto.

Sentivo già il suo tono assillante e uno sguardo di disapprovazione.

Rifiutandomi di rallentare, continuai a correre attraverso la foresta. Avrei mai raggiunto una strada, una casa, qualche segno di civiltà?

Breckenridge poteva anche essere piccola, come città, ma alla fine ci sarei arrivata, giusto?

E se stessi correndo nella direzione sbagliata?

Il mondo sembrava girarmi intorno, durante la mia corsa. Gli alberi ondeggiavano e io mi aggrappai alla corteccia ruvida di uno di essi, tenendomi in piedi.

Respirai a fatica, non potevo permettermi di rallentare.

In lontananza, delle gomme scricchiolarono sulla ghiaia.

Non riuscivo a capire se il veicolo si stesse dirigendo verso la casa di Sergio o se si stesse allontanando da essa. Non credevo di essermi girata e aver cambiato direzione, eppure la foresta sembrava estendersi all'infinito.

Chi avrebbe mai potuto venire a trovare Sergio in piena notte?

Nessuno.

E anche se volevo credere che fosse Jaxson, probabilmente non aveva idea di dove fossi o di come trovarmi.

Jayden avrà avuto almeno l'intenzione di liberarmi o aveva cuore solo la libertà di Hazel? Sapevo che non correva buon sangue tra i due fratelli, ma non sapevo quanto fosse grave.

Un colpo di fucile esplose da dietro, e io mi buttai per terra, nella foresta.

Non avevo sentito passi. Era stato silenzioso. A meno che non fosse alla guida e molto vicino, in tal caso avrebbe potuto mirare attraverso il finestrino del veicolo?

Corsi più lontano dalla strada, attraverso la foresta, fino a sbattere contro una recinzione di metallo che mi sovrastava.

Ero in trappola.

CAPITOLO TRENTUNO

JAXSON

Era là fuori, tutta sola e io ero l'unico che poteva salvarla.

Io e Jayden ci fermammoi davanti alla casa di Sergio. La porta era stata lasciata aperta, la casa abbandonata.

Anche se mi sarei aspettato una schiera di uomini a guardia della sua dimora come aveva fatto Angelo, il fatto era che Sergio non era un boss della mafia. Almeno non ancora.

Non sapevo chi avrebbe preso il posto di Angelo, probabilmente Gino, il suo secondo in comando, ma tra questi uomini si erano combattute guerre per molto meno.

Jayden mise la pistola nella fondina, perlustrammo velocemente la casa e il perimetro.

"Non possono essere andati lontano", dissi. Mi fermai e mi chinai, raccogliendo un cappuccio di cotone scuro.

Jayden guardò l'oggetto che tenevo nel mio pugno. "Pensi che sia scappata?" chiese.

"Certo che lo credo."

Ariella era una combattente, e avrebbe fatto di tutto per restare viva. Se questo cappuccio significava una possibilità di fuga, sapevo che l'avrebbe colta.

Esalai un respiro nervoso. Avevo paura per lei.

Aveva passato l'inferno in un solo giorno e probabilmente era stanca, esausta, e non volevo nemmeno prendere in considerazione le conseguenze sulla sua salute.

Sarebbe stata in grado di correre e scappare?

Sapevo di essere in forma, e probabilmente sarei stato stanco dopo essere stato trascinato in giro, sballottato da un complesso all'altro, e venduto a un'asta di schiavi. Già il solo trauma che aveva subito era sconcertante, figuriamoci il penserio che Sergio la stesse ancora cercando. Dire che ero preoccupato era un eufemismo.

Il bastardo non si sarebbe arreso. Non facilmente.

E nemmeno Ariella. Avrebbe combattuto fino alla fine.

"Dobbiamo sparpagliarci, trovarla prima che sia troppo tardi". Tolsi la pistola dalla fondina.

La foresta si estendeva fino a oltre la mia vista, tagliata una strada di ghiaia tortuosa che avevo percorso. Non l'avevo vista attraversare la strada e, francamente, poteva essere ovunque.

Un colpo di fucile risuonò in lontananza.

"Dev'essere da quella parte", gesticolai, sentendo il colpo di fucile.

"La sta cacciando, deve essere questo", mormorò Jayden sottovoce.

"O la insegue perché è scappata da lui".

Era proprio il fatto che avesse cercato di fuggire che aveva fatto sì che Sergio le desse la caccia con un fucile.

In ogni caso, era in pericolo e dovevo trovarla prima di Sergio.

"Pensi che l'abbia vista?"

Non rallentai, aprendo la serratura del mio camion. Aprii la borsa dell'equipaggiamento tattico e recuperai un set di occhiali per la visione notturna. Era l'unico modo per trovarli al buio.

Anche se probabilmente non era stata attenta nella sua fuga, esaminare i cespugli e i rami spezzati avrebbe richiesto troppo tempo. Sperai solo non si fossero addentrati troppo..

Ne lanciai un secondo paio a Jayden.

"Dobbiamo trovare Ariella prima che Sergio arrivi a lei".

"Potrebbe essere troppo tardi", disse Jayden.

Non avrei accettato la sconfitta. Avevamo sentito solo uno sparo. Non c'era stato nessun urlo di Ariella. Nessun suono di vittoria da parte di Sergio.

Mi attrezzai con un giubbotto antiproiettile e lasciai che Jayden si servisse del mio equipaggiamento supplementare che era rimasto.

Presi una seconda pistola, infilandola negli stivali, e una semiautomatica che mi assicurai sulla spalla.

Non volevo correre rischi.

Mi misi a correre nell'oscurità, i miei piedi non erano per niente silenziosi mentre con i miei stivali schiacciavo le foglie e calpestavano i rami.

Forse così, avrei attirato l'attenzione di Sergio e lui avrebbe lasciato in pace Ariella.

Questa era la mia speranza.

Sarebbe andata secondo i piani? Probabilmente no.

Almeno, avrebbe saputo che c'era qualcun altro nella foresta che lo seguiva.

Non era solo, e nemmeno Ariella.

Jayden mi seguiva da vicino. Gli ci volle solo un minuto per raggiungermi, ed era alle mie calcagna.

"A ventaglio?", chiese.

Eravamo solo noi due.

"No. Se ha l'attrezzatura, non vogliamo che ci veda entrambi", dissi. Pur non volendo che mi sparassero, ero anche disposto a morire per assicurarmi che Ariella fosse al sicuro, e se questo significava fare in modo che Jayden arrivasse da lei in tempo, allora mi stava bene.

Gettai uno sguardo a terra e vidi un ramo spezzato, segno che erano passati di qui attraverso la foresta.

"Continuiamo a muoverci", dissi in un sussurro sommesso. Il suono si diffuse nella foresta. Il suono viaggia sempre più lontano di notte, e anche tentando di tenere bassa la voce, miei piedi non erano esattamente silenziosi.

"Trovato qualcosa?" chiese Jayden.

"*Nada*."

Non avevo individuato alcun segno di vita. Avrei dovuto portare con me l'attrezzatura per rilevare le tracce di calore, ma quella era nell'ufficio della Eagle Tactical.

Non avevamo il tempo di chiamare i rinforzi o di richiedere ulteriori attrezzature.

La vita di Ariella era in pericolo, e in qualsiasi momento, Sergio poteva trovarla, spararle, o peggio, ucciderci e trascinarla indietro per farne la sua schiava sessuale.

La bile mi saliva in gola al disgustoso pensiero di quello che le avrebbe fatto.

La mia Ariella.

Avrei preferito morire piuttosto che lasciargli mettere una mano su di lei.

Un secondo colpo risuonò.

Questa volta era puntato nella nostra direzione e sfrecciò, colpendo un albero vicino.

Gli occhialini non mi rivelarono nessuno. Alzai il braccio, indicando a Jayden di attendere.

Sergio doveva essere nascosto.

Che fosse dietro un albero?

Dove altro poteva essere? Non vidi nulla, nessun segno di lui.

Nessun segno di movimento.

I miei occhi si strinsero e spalancarono quando individuai la lunga estremità del fucile.

"Abbassati." Raggiunsi Jayden dietro di me e lo buttai a terra con me.

Sergio ci aveva individuato

CAPITOLO TRENTADUE

Jayden

Passi pesanti batterono sul terreno, Sergio si precipitò nella nostra direzione. Jaxson mi aveva appena salvato la vita.

Merda.

Non avrebbe avuto importanza ora. Da un momento all'altro, ci avrebbe scoperti distesi sul suolo della foresta. Dovevamo pensare e muoverci in fretta.

Guardai il mio compagno solo per una frazione di secondo, e lui fece un rapido cenno con la testa.

Aveva la stessa idea.

Dovevamo dividerci.

"Io la troverò. Tu occupati di lui", disse Jaxson.

Non era per niente tranquillo. Non sapeva sussurrare?

Volevamo rivelare la nostra posizione a Sergio? Di sicuro non volevo che ci localizzasse.

Feci un respiro profondo.

Ora o mai più. Jaxson strisciò via per terra, basso tra i cespugli e i rami, fuori dalla vista, prima che lo vedessi balzare in piedi e correre, supposi verso Ariella.

L'aveva vista?

Non riuscivo a vedere altro che Sergio che veniva verso di me.

Presi la mia pistola, ma il grilletto si bloccò.

Grandioso. Jaxson mi aveva dato un'arma inutile.

Lasciai cadere la pistola e usai i pugni per spingere il fucile più lontano da me mentre Sergio cercava di puntarmelo al petto. Girai l'arma, sentendo lo schiocco del suo dito sul grilletto.

Sergio lasciò cadere il fucile e si lanciò verso di me. Le sue mani mi afferrarono intorno al mio collo. La sua presa era stretta, mi rendeva difficile respirare.

Gli diedi una ginocchiata all'inguine, rotolando sulla superficie dura, irta di bastoni e rami spezzati che ci trafiggevano.

"Fottuto bastardo!", sputai mentre parlavo e usai i miei pollici per ferire Sergio agli occhi.

Urlò e rilasciò momentaneamente la presa sulla mia gola, un attimo sufficiente lungo da permettermi di incamerare aria con un profondo respiro.

Non durò a lungo. Afferrò la mia pistola inceppata e premette il grilletto verso l'esterno, senza puntarmela addosso.

"Io sarei il bastardo?", mi schernì. "Vieni in casa mia, prendi una delle mie ragazze. E poi ti metti a litigare con me?"

Stava cercando di sparare a Jaxson? Aveva gia' trovato Ariella?

Non riuscivo a vederli. La mia attenzione era interamente concentrata sulla mia sopravvivenza e sul tentativo di fermare Sergio.

"Ho pagato per lei, veramente." Mi disgustava anche solo pensare al fatto che avessimo praticamente finanziato la mafia, dandogli dei soldi.

Che altra scelta avevamo?

In quel momento, era stata la cosa giusta da fare per salvare Hazel. Se solo fossi stato in grado di fare lo stesso per Ariella, non ci saremmo trovati lì fuori, di notte, a lottare per le nostre vite.

Sergio non aveva usato la sua mano dominante. Avevo fatto in modo di rompergli quel dito, ma lui teneva la pistola nella mano opposta, facendo continuamente pressione sulla pistola e sul grilletto, finché finalmente sparò.

Merda.

La risata sinistra di Sergio riecheggiò nella foresta. Si allontanò da me, sparando nell'oscurità della notte, coprendo la foresta con un proiettile dopo l'altro in ogni direzione.

Sentii un urlo acuto, femminile.

Doveva essere Ariella.

Le avevano sparato?

Non avrei mai dovuto dare a Sergio l'opportunità di prendere la pistola.

Era colpa mia.

Tutto era colpa mia.

L'avevo causato io, e anche se mi ero unito ad Enzo e Angelo solo per trovare mia nipote, il sangue di tutti era sulle mie mani.

Ero colpevole quanto la mafia.

CAPITOLO TRENTATRÉ

ARIELLA

Con la schiena contro la recinzione di metallo, ho dato un'occhiata al filo spinato.

Non c'era modo di scalare la recinzione senza farsi male. Non avevo scarpe, indossavo una camicia da notte scarsamente coprente e niente biancheria intima.

Era come volersi volontariamente mutilare.

Un colpo attraversò.

Sergio.

Forse scavalcare la recinzione non era l'idea peggiore.

Un brontolio ruggì in lontananza.

Diavolo, era un orso? No, gli orsi non escono di notte, giusto?

Non avevo idea se fossero notturni. Solo che non ne avevo mai visto uno, a parte allo zoo, e che non avrei mai voluto trovarmici vicino.

Costeggiai il recinto, tenendo le dita contro il metallo nella speranza di trovare uno squarcio, uno strappo, un modo per correre e scappare.

Cercai di fare più silenzio possibile. Il fucile che aveva sparato in'aria non mi aveva colpito.

Sergio l'aveva forse esploso come avvertimento?

Mi aspettavo che urlasse, che gridasse, che indicasse che voleva che tornassi a casa con lui, che altrimenti mi avrebbe uccisa.

Il silenzio fu l'unica risposta che seguì.

Ingoiai il groppo che mi si formò in gola. Avevo paura?

Sì, ero terrorizzata.

Ma non potevo stare ferma.

Mi rifiutavo di aspettare di venir sparata o picchiata, violentata o torturata da un mostro.

Tenere la recinzione metallica alle mie spalle era rischioso. Indicava il confine della proprietà. Almeno, presumevo che esistesse per questo, in ogni caso mi avrebbe intrappolata se si fosse avvicinato.

"Tsk. Tsk."

La voce di Sergio risuonò in lontananza.

Mi si strinse lo stomaco e mi bloccai.

Forse poteva sentire i miei passi. Se non mi fossi mossa, magari non sarebbe stato in grado di trovarmi? Rimasi perfettamente immobile nella calma della notte.

Trattenni il respiro e ascoltai il suono del vento che agitava le foglie e lambiva gli alberi, facendoli ondeggiare.

Anch'io sentii il mio corpo ondeggiare. Non per il vento, ma per la stanchezza. Volevo raggomitolarmi, sdraiarmi e dormire per una settimana.

La mia adrenalina aveva altre idee.

Le mani non cessavano di tremare, ma almeno non era un suono che avrebbe potuto percepire. Tutto il mio corpo era scosso dai tremori. Presto avrebbe sentito il rumore della recinzione.

Mi spinsi lontana dal metallo.

Dovevo cercare un riparo.

C'era una grotta nelle vicinanze? Forse un albero o una grande roccia dove potessi scivolare via, nascosta e non vista.

Sergio conosceva il bosco a memoria? Frequentava spesso la zona?

Questa era la sua casa, la sua terra. Dovevo supporre che conoscesse ogni centimetro del bosco.

I suoi passi si allontanarono. Si affrettò nella direzione opposta.

Dove stava andando? Si era arreso?

Esalai un respiro nervoso e rimasi immobile per un altro minuto intero prima di dirigermi silenziosamente verso la strada. Almeno, quella era la direzione in cui pensavo di andare.

Prima, c'era stato il rumore di un veicolo, di traffico, il che significava che c'erano altre persone nelle vicinanze.

Dovevo cercare chiunque fosse fuori e cercare il loro aiuto, sperando non fossero amici di Sergio e della sua banda.

Il tempo sembrava essersi fermato.

Un colpo di fucile esplose nella direzione opposta.

Jaxson e la squadra erano venuti a salvarmi?

Sentii un tafferuglio in lontananza. Merda.

Le lacrime minacciavano di coprirmi la vista. Continuai a muovermi. Non potevo rallentare.

Accelerai il passo attraverso la foresta. Le gambe mi bruciavano. I miei piedi pulsavano e sanguinavano, ma non rallentai.

E se Sergio avesse sparato a chiunque fosse venuto ad aiutarmi?

E se non ci fosse stato nessuno venuto a trovarmi?

Nessuno che mi salvasse.

Avevo bisogno di salvarmi.

Mi affrettai il più velocemente possibile. Mi allontanai dalla linea di recinzione e mantenni il passo, rifiutandomi di rallentare anche se i miei piedi erano aperti, lacerati da tagli e graffi.

Una mano mi coprì la bocca.

Aprii la bocca per urlare e mordere l'assalitore.

"Shhh, sono io, Lentiggini".

Il caldo sussurro di Jaxson raggiunse le mie orecchie.

Non ero mai stata così sollevata nel sentire quel soprannome o nel sentire il suo corpo annidato dietro di me.

Il mio corpo tremò e le lacrime mi uscirono come un fiume in piena.

"Fai un bel respiro", disse Jaxson, la sua voce morbida e rassicurante. "Jayden è con Sergio. Non è ancora finita".

Non era il momento di gioire.

I proiettili volarono nell'aria. Jaxson mi costrinse rapidamente a terra, schermando il mio corpo, steso sopra di me, mentre gli spari esplodevano.

"Bene, sappiamo dov'è Sergio", disse Jaxson. "Devo portarti via da qui e aiutare Jayden. Puoi stare giù?"

"Non lasciarmi", sussurrai. Non ero mai suonata così impotente in vita mia.

Non volevo essere impotente. Volevo essere coraggiosa, ma avevo paura.

"Chi altro c'è con te?"

Gli altri membri della Eagle Tactical dovevano essere là fuori, e avrebbero potuto aiutarci.

"Siamo solo io e Jayden".

Piagnucolai in segno di protesta. Non volevo che gli succedesse qualcosa.

Si slacciò il giubbotto. "Ecco, mettiti questo".

"Cosa? No." Non potevo prenderlo. Lui aveva una figlia a casa. Io avevo, beh, avevo me stesso. Questo era tutto.

"Lo indosserai. Non discutere con me", disse Jaxson, con voce ferma. Aveva già deciso, e io non l'avrei convinto, per quanto mi sforzassi.

La verità era che non mi sforzai molto.

Ero terrorizzata e Sergio mi voleva morta.

Probabilmente, voleva morti anche Jaxson e Jayden, ma quei ragazzi erano ex forze speciali. Avevano un addestramento militare. Io non avevo niente.

Mi stesi rannicchiata a terra, e Jaxson fu veloce ad aiutarmi a fissare il giubbotto.

Stava rischiando la sua vita per me.

"Aspetta", sussurrai, tirandolo stretto e vicino. Le mie labbra si appoggiarono con forza contro le sue.

Se questo era un addio, non volevo che lo fosse senza che lui sapesse cosa provavo.

"Ti amo", respirai, contro le sue labbra.

Jaxson si tirò indietro e fece un sorriso di lato. "Sì? Lo so. Ti amo anch'io, Lentiggini. Ti amo anch'io, Lentiggini..."

Le sue labbra mi divorarono ancora una volta prima che si tirasse indietro. "Resta qui e stai giù. Devo sapere dove trovarti. Non muoverti. Non importa cosa accada. Okay?"

Annuii, e lo guardai mentre prendeva il volo, scomparendo nella notte per salvare Jayden e impedire a Sergio di ucciderci tutti.

CAPITOLO TRENTAQUATTRO

JAXSON

Lasciarla fu devastante, ma avevo fiducia che sarebbe stata al sicuro. Aveva il mio giubbotto in kevlar e le diedi anche una pistola prima di lasciarla sola.

Non avrei mai più permesso che succedesse qualcosa ad Ariella.

Beh, almeno non quella sera.

Forse non potevo proteggerla da ogni piccola cosa del mondo, ma potevo tenerla al sicuro da Sergio e dalla mafia.

Mi diressi di fronte alla strada per diversi metri, prima di avvicinarmi a Sergio e Jayden. Non volevo che Sergio sapesse della mia precedente posizione.

Proteggere Ariella era tutto.

Mi affrettai, senza fare troppo rumore.

Avanti, amico, vieni verso di me.

Non aveva sparato un altro colpo in pochi minuti, il che significava che avesse finito i proiettili o che Jayden lo avesse trattenuto.

Sentii i rumori di una colluttazione, avvicinandomi.

Jayden e Sergio lottavano a terra, prendendosi pugni a vicenda.

Questo potevo gestirlo.

Con i miei stivali dalla punta d'acciaio, diedi un calcio a Sergio, mentre era a terra, inchiodandolo alla nuca. Lo afferrai per i capelli e lo strappai da Jayden con una mano. L'altra mia pistola si posizionò sul suo collo.

Inclinai la pistola sotto il suo mento.

"Ti diverti a rapire, vendere e violentare le donne?"

Non era una domanda retorica.

Sbuffò e scrollò le spalle, probabilmente cercando di sfuggire alla mia presa.

Non lo lasciai andare.

Jayden si alzò, si spolverò i pantaloni e prese la pistola che era per terra, quella che aveva sparato diversi colpi contro Ariella e me pochi minuti prima.

"Hai intenzione di stare lì a minacciare o di finire il lavoro?" chiese Jayden.

"Chiama le autorità", dissi.

Jayden scosse la testa. "Non merita una cella e tre pasti al giorno".

"Non dipende da noi". Non ero un assassino.

Almeno non volevo esserlo. Avevo superato il limite con Angelo DeLuca.

I miei metodi di interrogatorio erano andati troppo oltre e dovevo convivere con quello che avevo fatto. DeLuca era un mostro, come Sergio, ma ucciderli non faceva di me il bravo ragazzo.

"Col cazzo, sì che dipende da noi!" Jayden alzò la pistola e la puntò alla testa di Sergio. "Dimmi perché non dovrei fargli il culo a pezzi?"

Sergio ridacchiò, fissando Jayden.

"Non ne sei capace".

CAPITOLO TRENTACINQUE

ARIELLA

Tremai, stendendomi sull'erba. Mi sarei coperta con dei rami, se fosse stato possibile.

In lontananza, esplosero degli spari.

I miei occhi si chiusero.

In silenzio, pregai che Jaxson fosse al sicuro e che stesse bene.

Il giubbotto in kevlar mi sembrava stretto, costrittivo. Ansimavo, trovando impossibile respirare, come se stessi soffocando.

Dei passi si affrettarono attraverso l'erba nella mia direzione.

Avevo udito solo un proiettile.

Chi era stato colpito?

Jaxson era salvo?

E Jayden?

I miei occhi rimasero chiusi, temetti che Sergio fosse sopravvissuto e che mi avrebbe sparato.

Preoccupata che potesse vedere il bianco dei miei occhi luccicare al chiaro di luna, nascosi la testa. I capelli mi ricaddero intorno al viso.

La paura non riusciva a spiegare l'orrore che mi scorreva nelle vene e mi pompava adrenalina nel cuore.

Passi pesanti percossero il terreno.

Chiunque fosse, non cercò di nascondere la sua identità.

Perché avrebbero dovuto? Per loro era finita. Era finita anche per me?

I passi affrettati si avvicinarono.

"Stai bene."

La voce di Jaxson era musica per le mie orecchie, alzai lo sguardo, assicurandomi che ciò che vedevo fosse reale.

"Ho sentito uno sparo". Il mio labbro inferiore tremò.

Jaxson si chinò e mi aiutò ad alzarmi in piedi. Il suo braccio rimase saldo attorno a me, il suo sguardo mi scrutava.

L'adrenalina non cessò, restando alta quanto pochi minuti prima. Il mio corpo era percorso da brividi, tremori che mi avvolgevano dalla testa ai piedi.

Non era una crisi epilettica. No, era normale quando i picchi di norepinefrina mi battevano al mio stesso gioco: la vita.

La sua fronte si corrugò. "Jayden, dammi una mano". Jaxson passò a Jayden la pistola che si era portato in spalla prima.

Jaxson mi sollevò tra le braccia, cullandomi.

"Cosa stai facendo?" chiesi.

Chiesi e basta. Non mi opposi a lui. Gli avvolsi le braccia intorno al collo mentre mi portava, con le braccia infilate sotto le mie gambe.

Non sembrava dare segni di fatica, ma non deve essere stato facile portarmi attraverso la foresta.

"Non hai le scarpe, stai visibilmente tremando, e non posso, in buona coscienza, lasciarti tornare a piedi al camion. È lontano almeno un miglio", disse Jaxson.

Jayden ci precedeva di qualche metro. Che ci stesse dando la nostra privacy o che si stesse tenendo lontano per sé, non lo sapevo e non mi importava.

"Grazie", sussurrai, esalando un respiro leggero. La mia testa si appoggiò al suo petto.

Bevvi il suo profumo, il suo calore e il conforto che mi offriva.

Mentre i tremori non cessavano, il solo essere nel suo abbraccio era sufficiente a donare calma al mio stato emotivo, mentre con il mio stato fisico, ancora lottavo.

"Dopo che ti avrò caricata sul mio furgone, ti porterò all'ospedale per farti visitare e assicurarmi che tu stia bene".

Perché doveva essere lui l'adulto responsabile?

"Jaxson", piagnucolai. "Voglio solo andare a casa".

Anche se sapevo che si stesse solo preoccupando del mio benessere, non mi piacevano gli ospedali.

Tuttavia, non conoscevo nessuno a cui piacessero. Anche così, avrei preferito andare a casa, infilarmi sotto le coperte calde e raggomitolarmi con lui mentre mi addormentavo.

"Lo so, e lo farai dopo il controllo", insistette. "Non discutere con me".

Stava usando quel tono, lo stesso che usava quando parlava con Izzie, quando non le avrebbe permesso di fare a modo suo.

Apprezzai la sua protezione, anche se non volevo andare in ospedale. Le visite al pronto soccorso non erano mai veloci. "Non possiamo semplicemente andare alla clinica in città?", ribattei.

———

Jaxson non volle. Insistette per accompagnarmi per le due ore fino all'ospedale. Ci vollero in realtà un'ora e dieci minuti, dato che eravamo in parte già sulla strada e lui guidava alla velocità della luce.

Trovai difficile dormire. La barella era dura e scomoda. I medici mi avevano fatto un numero ridicolo di esami.

Aspettavamo i risultati.

Jaxson era seduto accanto a me, con le palpebre pesanti, lottando per rimanere sveglio.

"Puoi chiudere gli occhi", borbottai.

"Non finché non saremo a casa", disse Jaxson.

Espirai un sospiro pesante. E quando sarebbe stato? Il sole stava già sorgendo. Albeggiava già quando eravamo arrivati all'ospedale.

"Chi sta guardando Izzie?", sbadigliai, stendendomi sul lettino. La mano di Jaxson si strinse nella mia.

I tremori erano rallentati ma non del tutto diminuiti, con la seconda sacca di flebo.

Stavamo aspettando i risultati di una serie di esami. I medici volevano assicurarsi che non fossi stata drogata o che non avessi altri problemi prima, di prescrivermi il mio regime regolare.

"Declan rimane a casa con Izzie".

"E Delphine? Oh mio Dio, è arrivata in aereo ieri sera. Dovevo andare a prenderla io!".

"Lo so", disse Jaxson. Mi strinse delicatamente la mano. "Mi ha chiamato quando non riusciva a contattarti. Le ho detto di prendere un taxi e che le avrei pagato la corsa fino a casa mia. Ho anche mandato Declan per farla entrare e mettere Izzie a letto. Ha deciso di passare la notte a casa nostra, il che ha funzionato per me".

Le mie palpebre si chiusero per un breve momento.

"Grazie", sussurrai e aprii gli occhi. Lottai per rimanere sveglia. Non volevo dormire. Non qui. Non ora.

"Riposati."

Mi diede una pacca sulla spalla con l'altra mano.

Più facile a dirsi che a farsi. Le luminose luci fluorescenti in alto ronzavano ad ogni secondo che passava. Il tempo sembrava essersi fermato. Ma almeno ero al sicuro.

Il dottore non bussò nemmeno, tirò indietro la tenda ed entrò nella stanza. "Ho buone notizie. State entrambi".

"Entrambi?"

Di cosa stava parlando? Lanciai un'occhiata a Jaxson.

"Sì, tu e il bambino".

Il dottore fece una pausa. "Non sapeva di essere incinta?"

"No. Cioè... non pensavo di poterlo essere dopo l'ultima volta". Respirai nervosamente.

"Beh, siete entrambi sani. Tuttavia, vi suggerisco di vedere presto un ostetrico. Sono preoccupato che uno dei farmaci che ci ha detto di star assumendo, possa causare problemi e non è raccomandato continuare ad assumerlo durante la gravidanza. Nel frattempo, le farò una prescrizione per aiutarla ad abbassare il ritmo cardiaco, ma dovrebbe rimanere a letto e a riposo fino a quando non vedrà il medico che la sta curando per la disfunzione autonomica".

"Okay", sussurrai.

Eravamo in dolce attesa.

Jaxson ed io stavamo per avere un bambino.

CAPITOLO TRENTASEI

Skylar

Jayden non mi aveva esattamente invitata a stare con lui, ma non gli avevo dato altra scelta. Era lui il motivo per cui mio fratello non mi parlava più e mi aveva cacciato da casa sua.

Beh, era stata anche un po' colpa mia, ma avevo comunque bisogno di un posto dove stare.

Mentre Lincoln portava Harper a farsi controllare, Declan alla fine lasciò me e la nipote di Jayden all'appartamento di Jayden.

Conoscevo bene il posto e feci fare a Lexa un breve giro prima di mostrarle la stanza degli ospiti.

Il ché significava che avrei dormito nella stanza di Jayden, che lui lo volesse o no.

Avevo alcune cose a casa sua già nascoste per il nostro finto accordo di fidanzamento. Una manciata di foto, alcuni vestiti, persino una federa sul letto, nel caso il suo capo si fosse presentato all'appartamento per incontrarmi, senza preavviso.

Per fortuna non era successo, anche se l'avevo sognato, incubi di un uomo senza volto che buttava giù la porta e mi interrogava.

E questo, prima di essere costretta ad andare con Angelo DeLuca e aiutare Ben a rapire le ragazze.

Come avrei potuto vivere con me stessa, dopo quello che avevo fatto?

Jaxson mi avrebbe mai perdonata? E Ariella e Izzie?

Lexa si diresse subito a letto. Non potevo biasimarla. Anch'io ero esausta.

Mi infilai una delle magliette di Jayden. mi cadeva appena sopra il ginocchio.

Aveva un odore unico, di lui, forte e muschiato con un pizzico di segatura. Non l'avevo mai visto lavorare una sega, ma non avevo passato molto tempo con lui.

Ero stata arrabbiata con lui, l'avevo incolpato per quello che era successo, ma lui era andato e aveva rischiato la vita per salvare Hazel e Ariella.

Forse non era lui il cattivo, magari era solo il cattivo ragazzo.

Mi infilai sotto le coperte. Tutto odorava di Jayden.

Il profumo era opprimente. I miei occhi bruciavano, singhiozzai sul cuscino.

Odiavo me stessa, quello che avevo fatto, quello che ero diventata per salvarmi.

Come mi sarei fatta perdonare dalla mia famiglia, dai miei amici?

Dormire era impossibile. Mi giravo e rigiravo. Senza il mio telefono, non avevo la minima idea di quando Jayden sarebbe tornato a casa o se sarebbe tornato vivo.

E se l'asta avesse preso una brutta piega?

La notte si trascinò, e finalmente la luce del giorno brillò attraverso le tende. Proprio quando cominciavo ad addormentarmi per la stanchezza, la porta della camera da letto si aprì e fui svegliata di soprassalto.

"Jayden?", borbottai, strofinandomi via il sonno dagli occhi.

"È tutto finito", disse, la sua voce ruvida e densa.

"Hazel e Ariella, stanno bene?", chiesi alzandomi a sedere nel letto. Tirai le coperte circostanti, stringendole strette nei pugni.

"Hazel, l'ho salvata dall'asta. Io e Jaxson abbiamo dovuto inseguire Capo Sergio e recuperare Ariella. Sta andando all'ospedale, ma credo che stia bene".

Si spogliò, senza sembrare preoccupato che io fossi nel suo letto.

Lasciò per prime le sue scarpe, sul pavimento, poi si tolse la camicia e la lanciò nel cesto vicino della biancheria. Jayden si slacciò i pantaloni, e insieme ai boxer, li lanciò via.

Cercai di non fissarlo.

Lui non sembrò preoccuparsene minimamente. Attraversò la stanza fino al bagno e accese la luce.

I miei occhi bruciarono, li strizzai mentre lasciava la porta aperta. "Vado a fare la doccia. Ho bisogno di liberarmi di tutto questo sudiciume. Ti sei già lavata?", chiese Jayden.

"Io uh, no." Ero troppo stanca, troppo a pezzi per fare altro che non fosse sguazzare nell'autocommiserazione. "Probabilmente avrei dovuto".

"Vuoi lavarti con me? Condividere una doccia? Risparmiamo l'acqua, insieme".

Mi strofinai gli occhi stanchi e mi spostai sul materasso, gettando le gambe oltre il lato. Ondeggiai per un secondo prima di fare un passo avanti, seguendolo nel bagno.

"Questa è la mia ragazza", disse Jayden e fece un sorriso di traverso. "Mi dispiace tanto per quello che è successo".

"Shhh", dissi io, facendolo tacere con un dito sulle labbra.

Calciò la porta con il piede e mi appoggiò contro di essa, portando le mie mani sopra la testa.

"Volevo farlo dalla prima volta che sei entrata nel bar", sussurrò Jayden.

Non mi baciò. Mi fissò e basta. Mi stava stuzzicando di proposito?

"Cosa stai aspettando?" chiesi, cercando di riprendere fiato.

"Il permesso", disse Jayden, la sua voce rauca e bassa. "A differenza di quegli uomini, non prenderò ciò che non è mio".

"Voglio essere tua", confessai.

Era questo che voleva sentire?

Le sue labbra scesero con forza sulle mie, le nostre bocche si scontrarono, le lingue duellarono per il controllo.

Mi tenne inchiodata alla porta, il suo corpo premuto stretto, nudo.

L'unica cosa tra noi era la camicia che indossavo.

"Dovrai togliertela, se hai intenzione di fare la doccia", disse Jayden, guardando la mia camicia.

Ridacchiai, con le braccia ancora bloccate contro la porta sopra la mia testa.

"Un po' difficile da fare senza l'uso delle braccia. Forse dovresti spogliarmi", provocai.

Jayden ringhiò. Il suo desiderio mi punzecchiò. Spostò le mie mani insieme, una mano mi teneva ferma, l'altra guidava la mia camicia centimetro per centimetro verso l'alto. Il suo tocco era caldo e gentile, molto più tenero di quanto immaginassi.

Le sue labbra mi stuzzicarono l'orecchio, mandando un brivido attraverso il mio corpo mentre crescevo in preda al bisogno.

"Mi dispiace tanto", mi sussurrò nell'orecchio. Baci morbidi danzarono sul mio collo mentre lasciava cadere la sua stretta presa sui miei polsi, liberandomi. "Non avrei dovuto mettere a rischio la tua vita".

I suoi occhi fissarono i miei.

"Abbiamo fatto entrambi degli errori", ammisi, incontrando il suo sguardo. Avremmo dovuto vivere con quelle conseguenze. In questo momento, avevo solo bisogno di sentirmi viva e amata.

Mi piegai in avanti e le nostre labbra si scontrarono ancora una volta. Non volevo sentire le sue scuse. Volevo sentire la sua ammirazione e la sua attenzione.

"Ho bisogno di dimenticare", sussurrai contro le sue labbra, strattonando delicatamente il suo labbro inferiore con i miei denti. "Ti prego, fai sparire il dolore".

Jayden aprì la bocca ed espresse un sospiro morbido. Stava per dirmi di non sapere come fare?

Veloce come era arrivato, sguardo triste e oscuro scomparve.

La sua bocca scese sulla mia, e rimosse l'ultima barriera tra noi, gettando la camicia sul pavimento. Jayden mi raccolse tra le braccia e mi fece sedere sul bordo del lavandino del bagno.

Recuperò un preservativo dal cassetto, lo aprì e lo srotolò prima che il suo sguardo incontrasse il mio.

"Sei sicura?"

"Sì", ho detto. La mia mano lo raggiunse, accarezzandolo, toccandolo, dimostrandogli di volere quello con lui.

Avevo passato l'inferno oggi, ma le altre ragazze, quelle che dovevano essere mie amiche, avevano passato molto peggio. Jayden non aveva bisogno di dirmi a cosa avesse assistito, per vedere il dolore e l'angoscia dietro quello sguardo d'acciaio.

Il suo calore mi riempì, mi alimentò e mi fece dimenticare il dolore e l'angoscia che avevano oscurato il mio cuore.

Avvolsi le gambe intorno a lui e lo tirai più a fondo e più stretto ad ogni spinta. Le mie dita scavarono nella sua spalla, segnandolo.

Jayden grugnì e si tirò fuori, passandosi una mano tra i capelli. I suoi occhi sembravano sconvolti.

"Hai davvero intenzione di provocarmi fino alla morte?" Perché diavolo si era fermato?

"Non era così che volevo fosse la nostra prima volta", si affannò, incontrando il mio sguardo. "Ti meriti di meglio".

"Non ne sono sicura". Risi cupamente.

Lo fissai, con il mio sguardo incrollabile. Le mie dita tracciarono un percorso delicato lungo il suo petto. "Per favore, voglio solo provare qualcosa di diverso dal rimpianto, e con te, non potrei mai rimpiangere questo".

Le labbra di Jayden scesero con forza sulle mie. "Ho immaginato di scoparti al bar negli ultimi mesi", sussurrò. "Ma tu meriti un trattamento regale. Vino, cena e molti preliminari".

"Sembra carino, ma per la prossima volta. Stasera, non mi interessa che sia in bagno o al bar. Voglio solo ascoltarti gemere e sentirti urlare il mio nome".

"Arrogante, eh." Jayden rise. Le sue dita si aggrovigliarono nei miei capelli, mentre portava le mie labbra giù alle sue, aggrappandosi a me, nel vortice dei nostri baci infuocati e passionali, entrando di nuovo in me.

Gemevo di piacere. Volevo che sapesse di farmi sentire bene, e non volevo che avesse altri ripensamenti.

Non ci sarebbero stati rimpianti stasera, almeno non tra noi due.

I miei occhi si chiusero mentre la sensazione cresceva, costruendosi e intensificandosi.

"Vieni per me, Skylar", mi sussurrò all'orecchio.

Mi strinsi intorno a lui, pulsavo dentro di me. Ero già così vicina, vacillavo sul filo del rasoio. Le mie dita dei piedi si arricciarono, lo sentii avvicinarsi.

Tutto sembrava un fuoco d'artificio che stesse esplodendo intorno a me, tremavo nel suo abbraccio, ansimando, venendo entrambi.

"Doccia?" borbottò, scivolando fuori e gettando il preservativo nel cestino.

Ridacchiai. Era il motivo per cui l'avevo raggiunto in bagno. Scivolai dal lavandino, con le gambe come gelatina.

Jayden mi tenne ferma, le sue mani sui miei fianchi. "Stai bene?"

Annuii, fissandolo.

"Benissimo."

CAPITOLO TRENTASETTE

ARIELLA

Mi addormentai furgone, nel tragitto di ritorno a casa dall'ospedale.

Non sapevo come Jaxson fosse riuscito a rimanere sveglio.

Il camion si fermò dolcemente, ma mi svegliai "Siamo a casa?", sbadigliai, strofinandomi via il sonno dagli occhi.

"Sì", disse Jaxson. Spense il motore e scese, facendo il giro per aiutarmi a uscire e portarmi attraverso la porta d'ingresso.

I miei piedi erano fasciati e doloranti come l'inferno per l'inseguimento nella foresta, ma sarei sopravvissuta. Inoltre, quella era l'ultima delle mie preoccupazioni.

Ero incinta, e non solo dovevo badare a me stessa, ora dovevo pensare al bambino o alla bambina che cresceva dentro di me.

Dire che la paura era devastante, è un eufemismo rispetto a quel che provavo in quel momento.

Jaxson mi portò dentro, mi fece sedere sul divano e spense l'allarme prima di chiudere casa. "Vuoi andare subito a letto o hai fame?"

Riuscivo a malapena a tenere gli occhi aperti. "Dormire sembra meraviglioso. Posso crollare sul divano".

Mi spostai per allungarmi.

"Izzie si alzerà presto," mi ricordò Jaxson. "Che ne dici se ti porto a letto e ti rimbocco le coperte?"

"E tu?" Non volevo stare lontano da lui. Sapevo che probabilmente era una combinazione degli ormoni e del trauma di quello che avevo passato, ma mi sentivo incredibilmente bisognosa.

Odiavo il modo in cui mi sentivo, come se non volessi mai più essere sola.

"Sono esausto. Mi metterò a letto non appena avrò fatto sapere a Declan che siamo a casa. Va bene?"

———

"Sei a casa," disse Delphine, un caldo sorriso sul suo viso. "Sono felice che tu stia bene. L'amico del tuo ragazzo mi ha detto cosa è successo. Declan, vero?"

Il mio ragazzo.

Sorrisi debolmente a mia sorella, che si riferiva Jaxson con quel termine. Non avevamo mai usato etichette per definire la nostra relazione.

"Sì, scusa se non ti ho visto all'aeroporto".

Delphine fece un cenno con la mano in modo indifferente. "Non è un grosso problema. Voglio dire, con quello che hai passato, non pensarci nemmeno". Si avvicinò a me, sul divano. "È vero che c'era Ben dietro il tuo rapimento?"

Sospirai. Non ero sicura di essere pronta a parlarne, ma sembrava che Declan l'avesse messa al corrente di quello che sapeva in quel momento.

Non lo biasimavo. Doveva dirle qualcosa, ed era meglio che lei sapesse la verità.

Almeno così, non mi avrebbe odiata per non essermi presentato quando avevo promesso di darle un passaggio.

"Va bene se non ne vuoi parlare", disse Delphine. Si alzò e si diresse verso la cucina. "Vado a prendermi una tazza di caffè. Ne vuoi un po'?"

"Non posso", dissi. Dovevo stare attenta a tutto ciò che mi faceva aumentare il battito cardiaco, ancora di più con la gravidanza.

"Oh, è vero". Delphine suppose che fosse a causa delle mie condizioni di salute. Lei era stata benedetta da ottimi geni.

Io no.

Non avevamo ancora detto a nessuno del bambino. Non volevo portare sfortuna.

"Sono contenta che tu sia venuta qui in aereo. È bello vederti", dissi. Le cose sembravano ancora tese, ma almeno ci stava provando. Mi sentivo come se fossi stata l'unica a provarci dal primo arresto di Ben più di un anno fa.

Delphine mi avvolse con un braccio, dandomi un abbraccio tanto necessario quanto atteso. "Sorellina, non c'è nessun altro posto dove vorrei essere. Mi dispiace di aver dato retta a quello stupido di mio marito. Avrei dovuto mandarlo a 'fanculo e volare qui prima".

Risi sottovoce. "Va tutto bene. L'amore ci fa fare cose stupide".

"Da che pulpito, direi'", disse Delphine con un sorriso.

"Cosa ti ha fatto decidere di venire qui, adesso, dopo tutto questo tempo?" chiesi. Non poteva essere solo il fatto che avesse capito che Ben fosse un idiota.

Il sorriso di Delphine svanì dalle sue labbra. "La verità, è che il tuo ragazzo mi ha chiamata".

"Cosa?"

Il mio stomaco affondò.

Perché Jaxson avrebbe dovuto farlo?

"Ha chiamato per raccontarmi di come, qualche mese fa, eri stata rapita da Ben, e mi ha chiesto di venire a trovarti. Avrei dovuto venire prima".

Volevo essere arrabbiata con Jaxson, per aver interferito, ma capivo cosa stesse facendo. Le sue intenzioni erano buone, ma non ero contenta del fatto che agisse alle mie spalle.

"Non posso credere che ti abbia chiamata", dissi.

"Non avrebbe dovuto chiamarmi, se mi avessi detto che Ben ti aveva rapita", disse Delphine. "Vorrei solo che... ti fidassi di me. Siamo una famiglia e so di non esserci sempre stata per te. Mi dispiace."

"Fa parte del passato". Volevo perdonarla e andare avanti. Lei era qui ora, e questo era ciò che contava, giusto?

Ci stavamo finalmente riavvicinando.

"Ben è di nuovo in prigione?", chiese Delphine. "L'hanno preso? Declan mi stava spiegando che Ben facesse parte del giro di traffico di esseri umani".

"Jaxson e la squadra lo stanno rintracciando mentre parliamo".

La sua fronte si corrugò.

"Lo prenderanno, vero?"

Non mi sarei mai sentita al sicuro finché non fosse stato arrestato e dietro le sbarre.

CAPITOLO TRENTOTTO

Jayden

Non ero entusiasta di tornare lì senza un'arma.

Jaxson aveva insistito per farmi indossare un auricolare e un microfono che avrebbe trasmesso tutto quello che dicevo alla Eagle Tactical.

Volevano inchiodare Enzo Ricci e, soprattutto, trovare Benjamin Ryan.

Mi avvicinai alla porta d'ingresso della lussuosa villa di Enzo, mi misi davanti alla porta con il palmo della mano alzato.

Bussai con decisione e aspettai.

Il silenzio fu l'unica risposta che ricevetti.

"Don Ricci?"

Bussai di nuovo e suonai il campanello.

Ancora nessuna risposta.

Scesi dal portico e guardai attraverso la finestra. Le luci erano spente. Non c'era traccia di nessuno all'interno.

Tre macchine erano parcheggiate davanti alla proprietà, ma l'auto che sapevo guidasse regolarmente, la Evora Lotus blu elettrico, non era in vista.

"Non è qui", riferii a Jaxson e alla squadra.

Mi avevano mandato in missione, ma non erano lontani, ascoltavano le comunicazioni dal loro camion. Erano in attesa, se avessi avuto bisogno di rinforzi.

"Hai altri collegamenti con la famiglia Ricci. Chiamali." Il tono di Jaxson era deciso e mi mandò un brivido lungo la schiena.

"Sì, subito."

Esalai un pesante sospiro e tirai fuori il mio cellulare dalla tasca. Scorsi il telefono e mi fermai sul nome di Dante Ricci.

Era il secondo di Enzo.

Avevamo fatto affari insieme, ed era stato lui a informarmi di quello che era successo quando Enzo mi aveva buttato fuori dalla festa e si era impossessato di Skylar.

Mi ribolliva il sangue al solo pensiero del modo in cui avevano trattato lei e me, come pedine.

Dante rispose al primo squillo.

"Non mi aspettavo di sentirti", disse Dante.

"Ho bisogno di vederti".

Non volevo farlo per telefono.

Aspettai un attimo. Il silenzio riempì la linea telefonica.

"Dante?"

Aveva riattaccato?

"Verrò al bar", disse Dante. "Venti minuti".

Mi ci sarebbero voluti venticinque minuti per arrivare al bar dove lavoravo. Riattaccai la chiamata e mi affrettai verso il mio veicolo.

"Dante mi sta facendo incontrare al bar", dissi. C'era solo un bar a Breckenridge.

"Ci stiamo andando adesso", rispose Lincoln nel dispositivo di comunicazione.

"Fantastico", mormorai. Era proprio quello di cui avevo bisogno, l'intera squadra Eagle Tactical e la mafia che si ritrovavano in un testa a testa.

Il mio piede era come il piombo sul pedale, volando attraverso le strade di ghiaia, alzando pietre e sporcizia in una nuvola di polvere dietro di me.

Mi affrettai verso il bar. Non avrei dovuto sorprendermi che Dante volesse incontrarmi lì. Era, dopo tutto, il loro territorio.

Dante possedeva il bar, riciclava denaro attraverso di esso, ed era stato così che aveva guadagnato potere con Enzo, guadagnandosi la sua fiducia come suo secondo.

Cos'era successo a Enzo?

Era al bar con Dante in questo momento? Era questo il motivo per cui mi avevano chiesto di unirmi a loro?

Accostai davanti e spensi il motore. Esalando un respiro pesante, controllai che nel vano portaoggetti ci fosse un'arma.

Infilai la Glock nella cintura dei pantaloni prima di uscire e dirigermi verso la porta d'ingresso del bar.

I cardini del pesante legno scricchiolarono quando la aprii.

Nel separé d'angolo, la parte più buia del bar, Dante sedeva con le spalle al muro, lo sguardo sulla porta.

Jaxson e Lincoln erano seduti al bancone, entrambi con un drink in mano, ma non sembravano volersi buttare nella mischia.

Il posto era per lo più vuoto.

Dante mi stava aspettando.

Da quanto tempo era qui?

Dante beveva una bottiglia di birra fredda. Le sue dita accarezzavano il vetro. "Gentile da parte tua unirti a me", disse.

Mi arrampicai oltre il tavolo e mi sedetti di fronte a lui. Non ero a mio agio con le spalle alla porta. Il mio stomaco affondava per la sensazione che qualcuno potesse arrivare da dietro e non lo avrei visto.

Ma Jaxson e Lincoln erano a pochi metri di distanza. Mi avrebbero coperto le spalle.

Almeno, speravo che mi avrebbero coperto le spalle. Non avevo coperto esattamente le loro, ultimamente.

Stavo cercando di fare ammenda e di fare la cosa giusta per loro.

"Enzo non ha risposto alla porta", dissi.

Dante fece spallucce e sorseggiò la sua birra. "Suppongo che non sia in casa".

Beh, fu abbastanza stato criptico.

"Ho delle domande", dissi. "Per cominciare, tutti voi mi avete tradito, rapendo la mia fidanzata e consegnandola al nemico".

Dante alzò una mano. "Era davvero la tua fidanzata?"

Aveva capito la farsa?

"Dov'è Benjamin Ryan?", chiesi, ignorando la domanda di Dante e cambiando argomento.

"Vuoi dire la talpa", mormorò Dante sottovoce. "Dimmelo tu. L'hai assunto tu". Gli occhi di Dante si strinsero e trasalì.

"Tu sai dov'è", dissi e mi chinai in avanti. "Dimmelo, e ti terrò fuori da questo casino che Enzo e Angelo si sono scavati da soli".

Prese un altro sorso della sua birra. "Si sono scavati la tomba. Ho sempre detto a Enzo di non avere a che fare con Angelo. Non ci si può mai fidare di un altro don, ma Enzo era tutto fumo e niente cervello".

Era?

Si rendeva conto di star parlando di lui al passato?

"Enzo è morto?", chiesi.

Dante non rispose alla mia domanda. Almeno non direttamente.

"Ha preparato il suo letto e ci giace dentro".

"E Ben?" chiesi.

"Ha tradito la famiglia Ricci. Sono cose non si fanno senza pagarne il prezzo."

Dante finì la sua birra e fece cenno al barista di fermarsi un attimo. Aspettò che fossimo di nuovo soli prima di parlare.

"Sai che Enzo sospettava fossi tu il traditore?" disse Dante.

Trattenni la lingua, non volendo rivelare che Enzo aveva ragione. L'avevo tradito per salvare quelle ragazze, ma non ero stato l'unico. Ben aveva tradito tutti noi.

"Se lo fossi, verrei da te?" replicai. "Sembra un suicidio".

"La verità è che non mi sono mai piaciuti gli ultimi affari di Enzo". Sbuffò e scosse la testa. Il suo labbro superiore ringhiò di disgusto. "Non sono certo un santo, ma le cose cominceranno a ripulirsi da queste parti, e puoi star sicuro che gli uomini di DeLuca saranno cacciati dalla città".

Era una minaccia?

"Sei il nuovo don", dissi, rendendomi finalmente conto che Dante aveva preso il controllo della famiglia Ricci. Non solo era il secondo, ma aveva anche gli uomini di Enzo alle sue spalle, un esercito che lo sosteneva.

"Sei fortunato di piacermi", disse Dante. "Ma non mi fido più di te come socio. È stato Enzo a volerti assumere. Puoi venire a bere qualcosa da me, ma devi trovarti un altro posto di lavoro".

Questo mi andava bene.

"Non ti permetteremo più di rubare donne e bambini". Volevo che fosse chiaro che non gli avrei permesso di fare del male a nessun altro a Breckenridge.

Dante rise sottovoce. "Come ho detto prima, non ero un fan delle pratiche commerciali di Enzo e non ho intenzione di continuare i suoi giochi. Ho altre questioni che hanno catturato la mia attenzione e di cui non ho interesse a discutere con te".

Prese un altro sorso dalla sua birra prima di posare con forza la bottiglia sul tavolo. "La tua fidanzata, o qualunque cosa sia, non ho alcun desiderio per lei. Finché terrà il mio nome fuori dalla sua bocca, puoi stare sicuro che i miei uomini ti lasceranno in pace".

"È una minaccia?" Se Skylar avesse testimoniato contro Dante, avrebbe messo in pericolo la sua vita?

Dante sorrise. "Per come la vedo io, non ho fatto nulla di male. Enzo ha rapito la tua fidanzata e tu hai assunto Ben. Ho le mani pulite".

"Dov'è Ben?" Ero venuto qui per rintracciare Benjamin Ryan, e ancora non avevo ottenuto il minimo dettaglio su dove rintracciarlo.

"Dimmelo tu; ha tradito la famiglia Ricci per la famiglia DeLuca. Le talpe finiscono sottoterra, ma io non l'ho ucciso. Non è stato massacrato durante la carneficina?"

Aprii la bocca ma la chiusi altrettanto velocemente. Ben era sporco, ma nemmeno io ero un santo. Come riuscii a evitare la prigione e a dare una svolta alla mia vita, fu un miracolo.

"Se metto le mani su Ben, è un uomo morto. Ma forse dovrei ringraziarlo. Con Don DeLuca fuori dai giochi, Sergio morto e le sue guardie sparse per tutto il complesso, il mio nuovo nemico è il secondo di Angelo, Gino, ed è troppo vecchio per stare in prima linea. È come se l'essere Don mi fosse stato consegnato. E nel giro di poco tempo, i DeLuca saranno sotto il mio controllo. Immagino di dover ringraziare te e la tua bella squadra per questo".

Dante alzò una birra per brindare a Jaxson e Lincoln, mentre si sedevano al bar.

"La cosa più divertente è che ho messo gli occhi sulla figlia di Gino, Nicole. Quel gran bel pezzo di figa, ho intenzione di mettere le mani su di lei e rovinarla completamente".

CAPITOLO TRENTANOVE

ARIELLA

Non riuscivo ancora a credere al medico dell'ospedale. Doveva essersi sbagliato.

Incinta?

Come potevo essere incinta? Voglio dire, sì, non eravamo stati attenti al cento per cento, ma mi era stato assicurato che non avrei potuto rimanere incinta di nuovo.

La mia ultima, e unica, gravidanza con mio figlio era stata difficile. Era nato presto e non era sopravvissuto alla vita fuori dal Reparto Intensivo Neonatale.

Ero colma di preoccupazione, anche se Jaxson mi aveva accompagnato da un'ostetrica, un neurologo e un'ostetrica, e tutti avevano confermato che stessi bene, avevano regolato i farmaci che prendevo e mi avevano assicurato che il bambino si trovasse in buona salute secondo ogni test che avevano fatto.

Il riposo a letto non era un requisito, finché me la prendevo comoda, non ero sottoposta a troppo stress e la mia frequenza cardiaca restava entro i limiti normali.

I dottori assicurarono anche a Jaxson e a me che avremmo potuto fare sesso, purché fossimo stati attenti a non fare niente di troppo faticoso, e raccomandarono un letto, qualsiasi cosa che mi tenesse seduta o sdraiata.

Le mie guance si infiammarono per l'imbarazzo. Ma Jaxson sembrava che stesse mentalmente prendendo appunti ai vari appuntamenti, imparando cosa potesse e non fare con la sua ragazza incinta.

Jaxson insisteva affinché monitorassi costantemente la mia frequenza cardiaca, cosa che non risultò complicata con uno smartwatch. Era più che un tantino iperprotettivo, ma apprezzai la sua preoccupazione.

Inoltre, non era l'unico preoccupato per la salute del bambino.

Come potevo non avere timori dopo l'ultima volta che ero stata incinta? La buona notizia era che i sintomi cronici che mi affliggevano erano minimi, nel mio secondo trimestre. Essere incinta mi aveva almeno temporaneamente fatta sentire meglio.

Potevo muovermi più facilmente, senza che il mio battito cardiaco salisse alle stelle quando stavo in piedi. Il mio stomaco, quando mi si era annodato, era stato più per la preoccupazione per il nostro piccolo che per i picchi di adrenalina a cui ero abituata.

Mentre ci rannicchiavamo insieme nel letto, la mano di Jaxson sfiorò la mia pancia che cresceva. Non avevo ancora sentito il nostro piccolino, ma era solo una questione di tempo.

Rotolai sulla schiena e Jaxson sollevò l'orlo della mia camicia, lasciandosi andare a morbidi baci sulla mia pancia. "Non ti ho mai visto così ansioso di baciarmi la pancia", stuzzicai.

Le sue lunghe ciglia scure sbatterono, sorridendomi. "Dovrò rimediare a questo, Lentiggini". Il suo tocco era morbido e leggero e mi fece sentire lo stomaco come con mille farfalle.

I miei occhi si spalancarono, realizzai che non erano i miei nervi o il suo tocco ad eccitarmi. Beh, certo, anche quello.

Ma era il bambino il vero motivo.

"Oh, mio Dio! L'hai sentito?", chiesi, fissando lo sguardo di Jaxson.

"Al bambino piace la mia attenzione".

"A quale persona sana di mente non piacerebbe?", chiesi. Le mie dita si aggrovigliarono nei capelli di Jaxson, accarezzandogli il cuoio capelluto. "Ho quasi paura di ammetterlo, ma... mi piace essere incinta".

Jaxson mi fissò. Il suo respiro accarezzava il mio stomaco. La sua mano si posò sul piccolo pancione. "Ti sta bene", disse. "È vero il detto che una donna incinta risplende".

Roteai gli occhi e arricciai il naso. "Non sono sicura di crederci", dissi ridendo. "Ma devi sapere che i miei sintomi a cui sono abituata - i problemi di frequenza cardiaca, la nausea, tutte le brutte cose croniche - sembrano essere migliorati. Come se essere incinta mi avesse guarito. Voglio dire, probabilmente è assurdo e senza senso, ma se mi sentissi sempre così bene, sarei felice di essere sempre incinta".

Fece una smorfia. "Quindi avremo una mandria di piccoli Monroe che corrono qui intorno?"

Gli diedi uno schiaffetto sul braccio. "Non sono bestiame!"

Scossi la testa, ridendo, era bello non dover nascondere la nostra relazione o il fatto che lui era il padre della mia piccola zucca.

"Plotone?" sorrise. "Posso avere il mio piccolo esercito Eagle Tactical".

"Sei orribile!", gli puntai il dito contro. "Non insegnerai ai nostri bambini e bambine nessun addestramento militare. Sono bambini!".

Jaxson si chinò e mi lasciò un morbido bacio sulla fronte. "Questo lo so. Intendevo quando saranno più grandi. Non solo ragazzi, ma uomini adulti. Quindi, tipo quando avranno tredici anni".

"Oh, cielo", mormorai.

Le sue dita mi solleticarono i fianchi, mentre mi spostava la camicia più in alto, spogliandomi dai vestiti.

"Un altro beneficio aggiunto".

Sorrise, ammirando il mio seno rotondo.

"Potrei abituarmi a farti restare incinta e a piedi nudi in cucina".

"È meglio che tu stia scherzando!". Gli diedi uno schiaffo, lui mi afferrò il polso, bloccandomi sul materasso.

"Forse dovremmo provare a fargli un altro fratellino o sorellina", provocò Jaxson.

Roteai gli occhi. "Sai che non funziona così. Non puoi mettere incinta una donna incinta".

"Davvero?" Lui inclinò la testa di lato con una risata. "Sei sicura? Penso che dovremmo testare questa teoria".

Il suo respiro mi stuzzicò le labbra. Volevo di più. Le sue dita mi stavano accarezzando, spogliandomi dei pantaloncini del pigiama e delle mutandine.

"Da quando sei diventato uno scienziato?", scherzai, continuando il nostro gioco. Per la prima volta dopo tanto tempo, mi sentivo libera, sicura e incondizionatamente amata.

Le mie dita spinsero i suoi boxer. Li tirai giù dai suoi fianchi e sentii il letto spostarsi mentre calciava le coperte di cotone sul pavimento. "Non hai ricevuto il promemoria? I ragazzi della Eagle Tactical e io siamo tutti...".

"Fermati lì", alzai una mano. "Non so dove vuoi andare a parare, ma tu sei l'unico che sta testando questa teoria con me".

Jaxson sorrise. Le sue guance si arrossarono. "Non è quello che stavo suggerendo!"

"Bene, perché voglio un solo uomo per il resto della mia vita".

La confessione uscì prima ancora che mi rendessi conto di quello che avevo detto.

Anche lui provava questo per me, giusto?

"Bene, perché' è esattamente quello che voglio. Tu e Izzie. Le due ragazze che si contendono la mia attenzione".

"Si', beh, è completamente diverso. Izzie può avere la tua attenzione". Il ghigno si diffuse sul mio viso mentre le mie dita tracciavano tocchi morbidi e leggeri come piume sul suo petto e giù verso ciò su cui avevo messo gli occhi. "Io ho il tuo corpo".

"Quindi è questo tutto ciò che sono per te, solo del sesso?", chiese Jaxson. Rise, senza sembrare minimamente turbato o arrabbiato.

"Beh, non è tutto quello che vali. Anche la tua mente è sexy". Gli sorrisi. "Vieni qui e baciami".

Le sue labbra scesero sulle mie, il suo respiro era caldo e confortante, il suo corpo mi faceva dolere dentro, con la sua morbida carezza e i suoi baci delicati. Era un esperto nel rendermi irrequieta e piena di bisogno.

Ci rotolammo nel letto, ognuno di noi si contendeva il controllo. Mani calde e forti accarezzavano ogni centimetro della mia pelle, incendiandomi.

Non potevo sopportare ancora a lungo le sue provocazioni. La mia mano si spostò giù per accarezzarlo, toccarlo e guidarlo dentro il mio calore.

Avevo bisogno di lui come dell'aria per respirare.

"Per favore", sussurrai, desiderando che questa danza tra noi si accelerasse.

Non mi ero mai sentita così disperata in vita mia, desiderando qualcosa così tanto che pensavo sarei potuta morire se non l'avessi avuto.

I suoi occhi erano luminosi e spalancati. La sua bocca coprì la mia mentre io gemevo.

Dovevamo fare silenzio.

Izzie era a letto e non volevamo assolutamente svegliarla.

Il suo calore mi riempì, e le sue mani si strinsero alle mie, mentre iniziava lentamente a muoversi, assaporando ogni momento.

"Dio, mi ucciderai", mormorai.

Il sudore mi ricoprì la pelle.

Il cuore mi batteva contro il petto, ma era una bella sensazione.

Soddisfacente.

"Ancora", grugniii.

Forse erano gli ormoni e il fatto che ero incinta, ma sembrava che non ne avessi mai abbastanza di Jaxson. Le mie unghie sfiorarono la sua schiena e scesero fino al suo sedere, tirandolo più stretto, reclamandolo per me.

Il suo ritmo accelerò, percependo la mia urgenza e il mio bisogno.

Tutto dentro di me si agitava.

Il mio nucleo riscaldato tremava e pulsava mentre lui mi riempiva, mi alimentava e mi soddisfaceva.

Con le dita dei piedi arricciate, mi aggrappai a lui, con gli occhi chiusi mentre i fuochi d'artificio danzavano nella mia mente. Ansimando per respirare, lo tenni tenendolo stretto mentre lui veniva e si separava da me.

Fu veloce a rotolare via e a tirarmi contro di lui.

"Non voglio schiacciarti o far male al bambino".

"Non lo farai", dissi con una risata sommessa. "La nostra piccola zucca è ben protetta". Accarezzai delicatamente il leggero rigonfiamento del mio pancione.

Rannicchiata contro Jaxson, le mie dita danzavano tra i suoi capelli, i miei occhi non lasciavano mai i suoi. "Tua sorella, Skylar, vuole organizzarmi una festa per il bambino. Beh, per noi."

"No."

"Ma dai. Sta cercando di fare ammenda", dissi.

I suoi occhi si stinsero. "Quello che ha fatto è imperdonabile".

Era un uomo testardo. Glielo concessi. "Sì, ma sta cercando di fare meglio. È tua sorella. Non hai perdonato Jayden?", chiesi.

"È diverso."

Jaxson aveva offerto a Jayden un posto nella Eagle Tactical. Ero stato sorpresa che lo avesse invitato a unirsi a loro e ancora più sorpresa nell'apprendere che Jayden avesse accettato l'offerta.

"Come?", chiesi.

"Mi aspettavo che Jayden mi avrebbe tradito".

Mi sedetti leggermente sul letto. Le mie dita si fermarono tra suoi capelli. "Dici sempre così tante stronzate". Presi il cuscino e lo colpii giocosamente.

"Non mi hai appena colpito con un cuscino".

"Oh, l'ho fatto", ribattei. "E tu non puoi colpire tua mogli—ehm--la tua ragazza incinta".

Jaxson mi afferrò per i fianchi e mi infilò sotto di lui, a cavalcioni. Le sue mani mi solleticarono i fianchi. "Non è quello che stavi per dire".

Tenni la bocca chiusa. I miei occhi erano spalancati, e stavo cercando disperatamente di non ridere troppo forte e svegliare Izzie nella stanza accanto.

"Non sai cosa stessi per dire", replicai.

Le mani di Jaxson si bloccarono sui miei fianchi. "Dici? Sembrava quasi che tu stessi per riferirti a te stessa come la mia moglie incinta".

Il suo sguardo si fissò sul mio.

Merda.

Era andato al punto.

Aveva appena detto quel che stavo disperatamente cercando di non dire e che mi era sfuggito inavvertitamente. Mi sembrava naturale, molto più familiare e migliore di quando mi ero sposata la prima volta.

Avevo giurato che non mi sarei mai risposata. E l'avevo fatto seriamente, fino a quando non incontrai Jaxson.

Avevamo una zucca insieme.

Sentivo ancora la voce di Jaxson nella mia testa. Le prime parole che aveva detto quando avevo chiamato il bambino "zucca". *Mi stai prendendo in giro!* Aveva capito che era un meccanismo di reazione, un modo per parlare del bambino senza che io mi preoccupassi che potesse portare sfortuna.

L'aveva accettato perché era Jaxson Monroe, e avrebbe fatto qualsiasi cosa per coloro che amava.

"Allora?" Jaxson sorrise. Mi fissò, aspettando la mia risposta.

"Non ho sentito la tua proposta", replicai.

Due persone potevano giocare a quel gioco.

"Non ho intenzione di farlo".

Il sorriso mi cadde dalla faccia.

Wow.

Era arrivato al punto.

Cercai di scivolare dal suo abbraccio, ma non me lo permise.

Le lacrime minacciavano la mia vista. La stanza era calda, soffocante. "Fammi alzare", ansimai. Avevo bisogno di muovermi, uscire dal letto, correre in bagno.

Per fare cosa?

Piangere?

Nascondermi?

Mi sentivo una stupida.

"Ariella, guardami".

Il mio labbro inferiore tremò, e lui guidò il mio mento per incontrare il suo sguardo.

"Non ti chiederò di sposarmi finché non so che mi dirai di sì".

"Cosa?"

L'avevo sentito bene?

Ricacciai indietro le lacrime. Ora mi sentivo un disastro. Uno ancora più grande di quello che mi sentivo qualche istante prima, quando pensavo che avesse detto che non avrebbe mai voluto sposarmi.

"Voglio che sia un grande e stravagante viaggio tra di noi, e non ho intenzione di lasciarti spazzare via il mio ego con un 'no' ".

Jaxson sorrise, fissandomi negli occhi.

Mi asciugai l'unica lacrima che mi era scesa sul viso.

Ero un disastro. Un casino ormonale e incinta. Il ché era colpa di Jaxson.

Ma anche così, era stato dolce e gentile, e io ero saltata tropppo in fretta alle conclusioni.

"Ti sposerò a una condizione", dissi, fissandolo con gli occhi lucidi.

Mi fissò, attendendo che continuassi.

"Farai pace con Skylar".

Jaxson piagnucolò come un bambino, mettendosi a cavalcioni sui miei fianchi. "Aww, andiamo. Dopo quello che ha fatto a te e a Izzie? Come posso perdonarla?"

"Ci sta provando. Forse a piccoli passi", dissi. "E' la tua famiglia, e so che è stata egoista e ha messo in gioco tutte le nostre vite, ma io... sono arrivata a perdonarla".

"Davvero? Non la odi neanche un po'?", chiese Jaxson.

Non avevo intenzione di mentirgli. "Oh, sono ancora arrabbiata con lei, ma sto lavorando sulla mia rabbia. Hai perdonato Jayden. È ora che tu faccia lo stesso con Skylar".

Espirò rumorosamente dal naso. "Non lo so, Lentiggini. Mi stai chiedendo molto".

Risi per l'assurdità della situazione. "E sposarti invece sarà una passeggiata?", gli sorrisi.

"Dannazione se hai ragione, certo che lo sarà. Sarò il tuo cavaliere dall'armatura splendente", disse Jaxson.

"Ti farò cadere in piedi e ti porterò oltre la soglia".

"Sì, certo, prima di farmi cadere e sbattere la testa contro un muro. Ho visto abbastanza film. No, grazie".

Jaxson si chinò. Le sue labbra sfiorarono le mie. "Che ne dici se ci pensassi sù?"

"Cosa? A sposarmi?"

"No, sciocca. Perdonare Skylar", disse Jaxson. "Voglio assolutamente sposarti".

"Bene, perché ospiterà la festa per il bambino. Verrà sabato prossimo. Potrai risolvere le cose con lei".

Una parte di me odiava ancora Skylar per quello che aveva fatto, ma capivo che era stata costretta ad aiutare Ben, o Angelo DeLuca l'avrebbe venduta come parte dell'asta degli schiavi. La sua vita dipendeva da quello, e anche se non aveva reale intenzione di rapire nessuno tranne me, sperando che io potessi salvarci, il suo piano era imploso.

Almeno, questa è la storia che mi aveva raccontato quando ci sedemmo al caffè per parlare.

"Va bene, ma se solo ti guarda storto, se ne va", disse Jaxson.

"Bene."

Mi chinai e piantai le mie labbra sulle sue.

"Non mi aspetterei niente di meno dall'uomo che amo".

EPILOGO

Tutto era finalmente al suo posto. Ariella aveva partorito una bambina sana che avevamo chiamato Olivia Monroe.

Izzie era entusiasta di avere una sorellina, ma non aveva ancora capito perché non potesse giocarci al tè o spingerla sull'altalena.

Harper era stata benedetta con una sorpresa, due gemelli. I dottori erano rimasti scioccati nello scoprire nel terzo trimestre che c'era stato un secondo bambino, un maschio, nascosto dietro la sorella.

Harper era entusiasta della notizia.

Lincoln nascose bene il suo panico iniziale, e quando nacquero i gemelli, lo gestirono insieme, come dei professionisti.

Fu d'aiuto anche il fatto che Harper avesse ancora dei diritti d'autore residui dalla sua carriera cinematografica, e potevano permettersi di assumere una tata per aiutarli con i gemelli.

Un bussare deciso risuonò attraverso la porta d'ingresso.

"Solo un secondo!" gridai, tenendo in braccio la piccola Olivia. Era più carina di qualsiasi zucca su cui avessi mai posato gli occhi.

Guardai attraverso lo spioncino, sorpreso di vedere lo sceriffo Nelson dal lato opposto.

Spensi l'allarme e sbloccai la porta d'ingresso, salutandolo. "Sceriffo, non mi aspettavo di vederla", dissi.

"Volevo portarle la notizia di persona".

Era meglio che fossero buone notizie. Non potevo sopportare niente di terribile. "Sì?", chiesi. La mia bocca era secca, riarsa.

"È questa la tua piccola?", si informò lo sceriffo Nelson, coccolando Olivia.

"Certo che lo è. Sceriffo Nelson, la prego, mi dica che è una buona notizia quella che ha".

"Lo è", annuì con decisione. "Abbiamo rintracciato Ben Ryan ieri sera. Abbiamo ricevuto una soffiata da una fonte anonima e lo abbiamo trovato inchiodato a un muro con la sua stessa sparachiodi".

Feci del mio meglio per sembrare sorpreso.

"Wow."

Non avevo detto ad Ariella che io e i ragazzi avevamo localizzato Ben ieri sera, giocato un po' con lui e poi chiamato la polizia locale per assicurarci che sopravvivesse per poi venir processato.

"Non sembri così sorpreso", disse lo sceriffo Nelson.

"No, lo sono. Sono sollevato che finalmente sia finita". Feci dondolare Olivia, che cominciava ad agitarsi tra le mie braccia.

La mia neonata aveva percepito la mia frustrazione e la mia rabbia verso Ben? Non volevo far preoccupare Ariella; era stato il motivo per cui non le avevo detto che lo avevamo rintracciato nel capanno in cui viveva, vicino a noi.

Aveva preso la residenza nel capanno della sua vecchia proprietà.

Ci stava pedinando?

Aspettava forse il momento giusto per rapire i nostri figli o fare del male alla mia fidanzata? Mi rifiutavo di stare fermo ad aspettare che ci rovinasse la vita, di nuovo.

"È stato arrestato e accusato di rapimento, messa in pericolo di minori, tentato omicidio, traffico di donne attraverso i confini dello stato, e la lista continua", disse lo sceriffo.

"Sono contento che alla fine l'abbiate inchiodato".

Il sopracciglio dello sceriffo si contrasse. "Spero proprio che tu non sia coinvolto, Monroe".

"Sono sicuro che abbiate chiesto a Ben e lui vi abbia detto la verità".

Lo sceriffo Nelson sgranò gli occhi. "Come fanno sempre. Comunque, ho già parlato con Skylar Monroe, Hazel Agron e Harper Madison. Hanno tutte accettato di testimoniare contro Benjamin

Ryan. Sua moglie, Ariella Monroe, è stata rapita due volte da Ben. La sua testimonianza aiuterebbe molto a tenerlo rinchiuso a tempo indeterminato".

"Lo farò", disse Ariella, girando l'angolo dal corridoio al soggiorno.

Non l'avevo sentita entrare di soppiatto.

Merda.

Aveva sentito come era stato trovato, inchiodato al muro?

"Sei sicura?"

Lanciai un'occhiata ad Ariella.

"Sì, devo assicurarmi che non viva mai più un giorno fuori di prigione".

Sarei stato lì per Ariella, ad ogni passo. "Ok. E per quanto riguarda Enzo Ricci?" chiesi allo sceriffo. "Ci sono notizie su di lui?"

Nel mio rilasciare una dichiarazione insieme ai ragazzi della Eagle Tactical su Angelo e Sergio DeLuca, Enzo era stato coinvolto. Aveva consegnato mia sorella ad Angelo senza il suo consenso e aveva scatenato questa serie di circostanze disastrose.

"Lui non c'è più. Scomparso, per quanto ne sappiamo. Ha lasciato la città e nessuno l'ha più visto o sentito. O almeno nessuno parla. Sospettiamo un omicidio. È possibile che uno degli uomini di DeLuca l'abbia incrociato e ucciso, ma non abbiamo trovato nessun corpo e non c'è stata alcuna scena del crimine apparente".

"È ancora là fuori", disse Ariella. Piegò le braccia sul petto.

"Non ci perderei il sonno. Sa che lo sceriffo locale e i federali lo stanno cercando. Se è furbo, ha lasciato la città, è volato in un altro paese che non abbia l'estradizione. I federali hanno segnalato il suo passaporto, ma un tipo come lui non vola per lavoro".

In base alla conversazione di Jayden con Dante, sospettavo che Enzo fosse morto.

La mafia sapeva come coprire e distruggere le prove.

Nessuno avrebbe trovato Enzo, mai.

"E il giro di traffico di esseri umani?", chiesi. Avevamo consegnato le informazioni che avevamo ottenuto, e la testimonianza oculare di Ariella, Hazel e Jayden era sufficiente per mettere fuori gioco la famiglia DeLuca.

Dante Ricci era ancora là fuori, ma aveva giurato di aver preso le sue iniziative commerciali in un'altra direzione.

Olivia cominciò ad agitarsi e Ariella intervenne, prendendola dalle mie braccia per darle da mangiare.

"Non ci sono più spedizioni in entrata e in uscita da Breckenridge. Abbiamo dei federali che tengono d'occhio Gino DeLuca e Dante Ricci. Se uno di loro fa anche solo un passo falso, e lo farà, in poco gli saremo addosso".

"Grazie", dissi, sollevato di sentire che finalmente sarebbe stato tutto dietro di noi.

La mafia probabilmente riciclava ancora denaro, vendeva droga o armi, ma almeno non erano persone.

Accompagnai lo sceriffo fuori e chiusi la porta dietro di lui, riattivando l'allarme. Non si è mai troppo sicuri.

"Sei sicura di voler testimoniare contro Ben?", chiesi.

Ariella si sedette sul divano dando da mangiare alla nostra bambina, cullandola tra le sue braccia.

"Non vedo altra scelta. Devo tenere la mia famiglia al sicuro, e il modo migliore per farlo è chiudere quel bastardo dietro le sbarre".

Izzie saltò giù dai gradini, due alla volta, saltellando come un canguro prima di precipitarsi a sedere accanto alla sorellina.

"Mamma, cos'è un bastardo?" domandò innocentemente Izzie.

Merda.

Alcune cose non erano cambiate.

———

Grazie per aver letto Infiltrato: Jayden. Spero che vi sia piaciuta l'intera serie Eagle Tactical.

Vuoi leggere di più di Dante e della famiglia Ricci?

Secret Vow, il primo libro della serie Matrimoni Di Mafia, è più piccante e più oscuro, ma ogni libro giungerà al suo "...e vissero per sempre felici e contenti"!

Sarà presente anche la speciale apparizione di uno dei personaggi principali della serie Eagle Tactical. Ma non preoccupatevi, prometto di non distruggere il suo lieto fine.

"Lei vuole la sua libertà e io voglio solo la sua...

Nicole DeLuca, è la figlia del più grande boss del crimine della costa occidentale. Ho già detto anche che suo padre, Gino DeLuca, è il mio nemico?

Sono andato a letto con Nikki e non riesco a dimenticarmi di lei. L'ho tenuta d'occhio, assicurandomi che nessun altro uomo le si avvicinasse.

Li caccerò via con la fura della bestia che quando devo proteggerla.

Come un uccello in gabbia, ha un disperato bisogno di libertà. Nikki sgattaiola fuori solo per essere rapita e venduta come sposa.

Anche nella stanza più buia, nell'angolo più sporco del mondo, la riconoscerei. È la mia piccola colomba.

La compro. La possiedo. La salvo.

Solo che lei non la vede così...

Lei vuole la sua libertà e io voglio solo lei e quel bambino."

Clicca subito su Voto Segreto!

E iscriviti alla mia newsletter per scoprire le nuove libri, concorsi e regali: www.authorwillowfox.com/subscribe

Apprezzo il vostro aiuto nel far girare la voce, anche parlandone ad un amico. Le recensioni aiutano i lettori a trovare i libri! Per favore lasciate una recensione sul vostro sito di libri preferito.

OMAGGI, LIBRI GRATIS E ALTRE CHICCHE

Spero ti sia piaciuto Infiltrato: Jayden e che continuerai il viaggio con Jaxson, Ariella e il team della Eagle Tactical.

Anche se questo è il mio primo libro come Willow Fox, vengo pubblicata professionalmente dal 2013.

Iscriviti alla newsletter di Willow Fox

Se ti è piaciuto Infiltrato: Jayden, per favore, prenditi un minuto per lasciare una recensione.

Le recensioni aiutano altri lettori a scoprire i miei libri.

Non sei sicuro di cosa scrivere? Va bene, non deve essere lungo.

Puoi condividere come hai scoperto il mio libro: ti è stato consigliato da un amico o da un club del libro? Fai sapere ai lettori chi è il tuo personaggio preferito o cosa vorresti che succedesse. Di solito leggi HEA, libri a lieto fine? (Spero siate soddisfatti ma prometto che darò un lieto fine all'intera saga!)

Grazie per la lettura! Spero che considererai iscriverti alla mia mailing list per libri gratis, promozioni, concorsi e novità sulle prossime uscite.

L'AUTORE

Willow Fox ama la scrittura da quando ancora andava al liceo (molte ere fa). I suoi romanzi ambientati in provincia, riflettono la vita delle piccole città dell'America rurale.

Che stia scrivendo romanzi romantici o seduta all'aperto accanto al fuoco a leggere un buon libro, Willow adora le pagine colme di parole di scritte.

Sogna il colpo di fulmine e spera di riuscire a farlo scattare nei suoi lettori!

Visita il suo sito web:

https://authorwillowfox.com

ALTRO DA WILLOW FOX

Eagle Tactical Series

Svelato: Jaxson

Invisibile: Mason

Nascosto: Lincoln

Infiltrato: Jayden

Matrimoni Di Mafia

Voto Segreto

Voto Prigioniero

Voto Selvaggio

Voto Non Voluto

Voto Spietato

Fratelli Bratva

Boss Brutale

Capo Malvagio

Capo Possessivo

Capo Ossessivo